ANIMAIS TROPICAIS

JAVIER A. CONTRERAS

Animais tropicais

COMPANHIA DAS LETRAS

Copyright © 2025 by Javier A. Contreras

Grafia atualizada segundo o Acordo Ortográfico da Língua Portuguesa de 1990, que entrou em vigor no Brasil em 2009.

Capa
Celso Longo

Ilustração de capa
Veridiana Scarpelli

Preparação
Leny Cordeiro

Revisão
Marina Nogueira
Julian F. Guimarães

Os personagens e as situações desta obra são reais apenas no universo da ficção; não se referem a pessoas e fatos concretos, e não emitem opinião sobre eles.

Dados Internacionais de Catalogação na Publicação (CIP)
(Câmara Brasileira do Livro, SP, Brasil)

Contreras, Javier A.
  Animais tropicais / Javier A. Contreras. — 1ª ed. — São Paulo : Companhia das Letras, 2025.

  ISBN 978-85-359-3938-5

  1. Ficção brasileira I. Título.

24-222795   CDD-B869.3

Índice para catálogo sistemático:
1. Ficção : Literatura brasileira   B869.3

Cibele Maria Dias – Bibliotecária – CRB-8/9427

Todos os direitos desta edição reservados à
EDITORA SCHWARCZ S.A.
Rua Bandeira Paulista, 702, cj. 32
04532-002 — São Paulo — SP
Telefone: (11) 3707-3500
www.companhiadasletras.com.br
www.blogdacompanhia.com.br
facebook.com/companhiadasletras
instagram.com/companhiadasletras
x.com/cialetras

[...] suas ovelhas são agora, segundo dizem, tão vorazes e selvagens, que devoram até os próprios homens.
Thomas More, *Utopia*

Sumário

PARTE 1 — A iminência do animal, 9
PARTE 2 — Terra Luminosa, 49
PARTE 3 — Colônia Lumiar, 87
PARTE 4 — Animais tropicais, 125

Epílogo, 169

: PARTE 1
A iminência do animal

você sente uma ardência que pulsa das narinas até o fundo do estômago, revira suas entranhas e te provoca náuseas, calafrios e uma terrível ansiedade; um extrato da morte presente no ar que mistura o cheiro de flores, comida, pólvora, fumaça, merda, sangue, urina e transpiração. aí dentro, mas sobretudo lá fora, há corpos por todo lado: são homens e mulheres; velhos, jovens e também crianças.

o que aconteceu foi um massacre, bem no limiar entre o dia e a noite, hora em que tudo o que é vivo parece estar em estado crepuscular; uma letargia alheia à violência sempre à espreita que, num átimo, surge como o repentino sopro de um vento noroeste e provoca o desequilíbrio de todas as coisas. na natureza é assim; a selvageria pode estar adormecida, mas uma hora reencontra o seu lastro: é a iminência do animal.

ainda que não se saiba nada sobre o que de fato aconteceu, naquela região vasta conhecida como terra luminosa o mal tinha nome e será só sobre isso que as pessoas falarão. os chamavam sobretudo de bugre, mas também de selvagem, besta, bicho e tantas outras denominações populares; um mito surgido das profundezas de suas matas nativas, da escuridão de seus rios e mangues e das cicatrizes de seus paredões rochosos e que se transformara na representação genuína do medo que permeou por gerações o imaginário dos moradores de todo aquele território de natureza implacável à civilização.

sempre que a morte violenta acontecia naquelas terras antigas e ainda não exploradas por inteiro, somando-se aos desaparecimentos frequentes e sem solução, os relatos sobre esse espectro maligno que correram de boca em boca por décadas ou mesmo séculos, vinham à tona. era como se essa narrativa se retroalimentasse a cada assombro, a cada tartamudeio dos seus habitantes: uma longa história de horror que as crianças escutavam ainda pequenas dentro de suas casas ou nas ruas e que aprendiam desde cedo a temer, acrescentando seus próprios medos quando a passavam adiante; uma construção coletiva e constante de uma memória sustentada por fatos do passado, mas muito também pela ignorância e pela especulação.

dessa vez, porém, entre tantos corpos, há um sobrevivente improvável e, com isso, também uma testemunha da história: sob o peso de escombros humanos que lhe serviram como escudo, está você, imerso em um silêncio agudo, como o som clandestino de um apito para cães que nascera em seus ouvidos logo após os duradouros estrondos do confronto. um ruído invisível que, entretanto, lhe é familiar de seus frequentes instantes de isolamento e que lhe traz lembranças intermitentes, como se os seus pensamentos estivessem sempre amontoados em prateleiras desordenadas da memória e que, por esse motivo, seus personagens vagassem indiscriminadamente, confundindo-se uns com os outros nos mais diferentes momentos de sua vida.

figuras como a do velho cujo rosto parecia um mapa amassado, de cavanhaque amarelado pelo tabaco e vigoroso chapéu de *couro curtido, que fedia tanto quanto seus cavalos e era tão calado e omisso quanto eles; ou a do outro, ainda mais velho, o que cheirava à lavanda, de aparência bruta e fala macia cheia de retórica, que numa certa época passou a levá-lo àquela construção exuberante afastada de tudo e de todos onde aconteceram coisas das quais você nunca mais se lembrou ou não quis se lembrar; ou a do jovem forte e obsessivo sempre enfiado em ternos ou fardas, com os cabelos engomados e bigode fino aparado, que te causava pânico a cada vez que resolvia aplicar seus particulares testes de correção de comportamento; ou a imagem contraditória da bela mulher de olhos tristes que vivia uma dor inexplicável a partir do nascimento do próprio filho.*

você não compreende direito e talvez nunca tenha essa percepção, mas a sua história e também a da sua família, e tudo o que aconteceu agora, se confundem com a formação da terra luminosa: território distante e perdido no tempo, cravado entre o litoral e a montanha, onde pulsava uma preocupação velada na cabeça das mulheres da região à medida que engravidavam; a de que todos os problemas que aconteciam ali de uma maneira ou de outra eram um castigo decorrente do fato de que seus filhos poderiam ter a mesma origem genética de gerações anteriores. Isso se deu quando surgiram os primeiros boatos sobre essas crianças geradas por pais de mesmo sangue, frutos dos estupros seculares que fincaram tradição nessa terra: seres frágeis e defeituosos do corpo, da mente ou do espírito, sorumbáticos e de má sorte, cujas mortes prematuras ou desaparecimentos se mostraram uma constante na região.

no íntimo daquelas pessoas, maioria absoluta crente das missões católicas que ali proliferaram, tudo aquilo se resumia apenas a pecado e castigo. entretanto, havia a semente de algo ainda pior, mais poderoso e incômodo e cuja palavra evitavam proferir: maldição. era como um segredo inviolável entre todos os habitantes daquela terra ao mesmo tempo hostil e familiar; uma espécie de pacto não assinado, uma irmandade oculta aos olhos dos que vinham de fora: vítimas ou opressores, ali todos estavam conectados.

entretanto, você nunca sentiu fazer parte disso; e por conhecer à sua maneira as idiossincrasias do lugar onde se criou, mas sobretudo pelas situações terríveis que fora obrigado a passar, que tudo o que desejava, ainda que não soubesse direito como e não pensasse com nenhuma clareza sobre os perigos que isso poderia acarretar, era um dia sair da fazenda da sua família, e sumir através da imensidão da mata ao redor até conseguir se transformar numa parte daquela mesma natureza; camuflado às sombras como um animal noturno ou, à luz do dia, como uma árvore antiga que tomba e fica parada no mesmo lugar por séculos, isolada em sua insignificância.

hoje talvez seja esse dia, mas tudo começou lá atrás. nas ocasiões em que todos tinham mais o que fazer e te esqueciam completamente, era para aquele mundo desconhecido da terra luminosa que você partia; e durante anos, sozinho, você construiu caminhos inexistentes e inexplorados, demarcou um território particular sem deixar pistas ou trilhas e, enfim, encontrou o lugar onde acreditava que jamais alguém o procuraria.

e foi naquela clareira, bem no alto de sua cúpula de árvores milenares, com fiapos de sol a obscurecer a realidade e em meio a um emaranhado de galhos, cipós e folhas, um ninho blindado pela natureza que não desejava ser descoberto, que você viu a criatura pela primeira vez: um ser aprisionado e indefinido, entre o humano e o animal, entre deus e o diabo,

Quando chegou à Terra Luminosa vestindo paletó, gravata e chapéu de abas largas, valise de couro na mão esquerda, mala de lona desgastada na outra, além de um estojo preto com contornos de violino cruzado nas costas e preso ao corpo com um improvisado pedaço de corda, ele se diferenciou de imediato das pessoas que habitavam a região, em sua maioria negras, indígenas ou mestiças.

Ainda que fosse um homem enorme, tinha traços delicados: pele translúcida como parafina, boca bem formada de lábios avermelhados, nariz afilado e, por trás dos óculos de aro de tartaruga dourado com lentes grossas, diminutos olhos transparentes e tão próximos um do outro que lhe provocavam um estrabismo acentuado e projetavam nele uma fragilidade que destoava de todo o resto do conjunto. Se não apresentava músculos evidentes, tinha a compleição física de um gigante: cabeça, mãos e pés grandes; ombros e quadris largos; e na equivalência do rosto sensível e do corpo grosseiro, era um homem que possuía uma estranha assimetria.

Instalou-se no primeiro lugar que viu: uma pensão localizada no centro, um sobrado de alvenaria decadente, mas nada que fosse pior ou melhor do que os muitos lugares por onde ele havia passado. Após guardar seus pertences em um dos quartos do segundo andar, se dirigiu ao único banheiro do local, no mesmo corredor de pé-direito alto com sua enfileirada de portas. Ali, em uma pia de louça que um dia fora branca, lavou o rosto, a parte superior do peito e as axilas com a água que saía morna da tubulação. Depois, mirando-se em um espelho retangular em que mal cabia o reflexo de seu rosto, alinhou com precisão os cabelos para trás com a ajuda de um pente de bolso feito de osso, deixando à mostra a testa poderosa e vincada; ainda aparou a barba robusta, onde se viam os primeiros grisalhos, com uma pequena tesoura.

De volta ao quarto, deixou o paletó e a gravata de lado, vestiu apenas uma camisa branca limpa e um pouco amarrotada, e a abotoou nos pulsos e até onde o pescoço grosso permitia; apanhou o chapéu preto e depois desceu até o pátio interno onde a mesma mulher que o hospedara limpava a casa. Perguntou-lhe com vestígios de um sotaque estrangeiro repleto de reminiscências onde poderia encontrar um lugar limpo para almoçar. Ao sair, sentiu olhares invisíveis sobre si. Passara por muitas cidades como aquela nos últimos anos e sabia que seus moradores não gostavam de forasteiros; além do mais, tinha consciência do estado de estranhamento que seu porte físico e sua personalidade evocavam.

O sol das três da tarde o atingia como lâminas finas filetando a primeira camada de sua pele frágil. Ao mesmo tempo, a umidade daquela região em um minuto já fizera sua camisa ficar empapada de suor e as lentes dos óculos embaçadas pelo vapor da respiração. Passou por casas feitas de barro e alvenaria, pela praça e pela igreja e por comércios que mantinham suas portas fechadas. Nesse percurso não viu nada fora alguns cachorros fantasmagóricos com as enormes línguas de fora e as costelas à mostra, atirados às poucas sombras que havia, e galinhas desnorteadas ciscando à toa na terra estéril. Àquela hora não havia nenhuma brisa e uma sensação de letargia parecia tomar conta de tudo, deixando o tempo mais lento. Era como caminhar num estado paralelo das coisas; como se estivesse em outra dimensão.

Encontrou o restaurante indicado por sua senhoria; humilde, mas limpo. Sentou e almoçou o único prato servido àquele dia: arroz e feijão com costela de porco, couve e banana. Comeu sem nenhum prazer a carne esturricada e a comida morna enquanto as moscas não lhe davam trégua e o zumbido de suas asas era o único som do lugar. Meia hora depois, momento em que terminava o café e se preparava para sair, um homem entrou firme e, a passos calculados, se aproximou de sua mesa enquanto outros dois ficaram do lado de fora, fumando cigarros sob um calor de mais de quarenta graus.

Tinha a pele embrutecida pelo sol; o rosto e os antebraços morenos e poderosos expostos. Vestia-se como um homem do campo, mas um que, diferente dos trabalhadores braçais, pela camisa quadriculada azul arregaçada até acima dos cotovelos, pelos jeans e pelas botas com biqueira de metal, mas sobretudo pelo semblante intimidador, decerto tinha algum tipo de poder.

Boa tarde.
Buenas.
É gringo?
Vengo de Argentina.
Sabia que tem muito latino chegando aqui nos últimos tempos? Boliviano, peruano, chileno, paraguaio, colombiano; mas branco e alto desse jeito, nunca vi nenhum. A maioria tem cara de índio...

Ambos sorriram; um sorriso nervoso, de expectativa quanto à situação que se desenrolava.

Conheço esos tipos. Andé por muitas tierras por aí. Son muito desconfiados. Te mirran feo y odeam los que vem de forra...

O teu portunhol é um pouco estranho. Tem outra coisa aí no meio também, não tem?

O forasteiro percebeu naquele instante que por trás daquela carcaça de rispidez havia alguém com um bom senso de observação. Portanto compreendeu que teria que ser convincente nas respostas, pois decerto aquele bando que estava ali com a intenção de saber quem ele era e o que viera fazer naquelas terras não voltaria de mãos vazias.

É porque no soy argentino. Disse que vim de lá, no que nasci na Argentina. Vivi muitos años allá, mas antes algunos acá también...

É de onde então? Americano?

No, amerricano no. Eurropa. Soy austríaco. Allá se fala alemán. Esse é o sotaque que usted identificou.

Bufou pelo nariz, passou a mão na barba crespa cheia de falhas e olhou para o estrangeiro de cima a baixo. Sua função ali era desconfiar, inquirir e obter respostas; e naquela altura da conversa ele achou que o método da intimidação seria mais eficiente com aquele homem que nem por um segundo baixava o olhar. Então sacudiu de maneira displicente sua camisa engordurada com as pontas dos dedos, como que para afastar o calor do corpo, mas com a evidente intenção de passar o recado: escamoteado em sua cintura, surgiu a coronha de um revólver prateado próximo à grande fivela do cinto.

Posso saber o teu nome?

Octavio.

Otávio do quê...

Octavio Carvajal.

Não me parece um nome... De onde tu disse que era mesmo?

Áustria.

Isso.

Y no lo és. Mein richtiger name ist Otto Karl von Haller.

Quando disse seu nome verdadeiro, se utilizou do sotaque alemão austro-bávaro de suas origens e sorriu com os olhos ao observar a confusão no rosto do seu interlocutor.

Vês? Ninguém entendia nada do que eu hablava. Tuve que estudiar mucho. Uma horra decidi cambiar meu nombre verdadeirro. Muitos estranjeros fazem eso. Entonces busqué outros em español, parrecidos en el sonido...

Tentou sem conseguir captar alguma ponta solta na história do estrangeiro e, então, continuou a seguir a tática que figurava entre a cordialidade e a ameaça velada.

Posso me sentar?

Por supuesto.

Puxou uma cadeira, girou-a no seu eixo e sentou a cavalo. Sem virar a cabeça, fez um sinal com a mão esquerda e, logo, um garoto que trabalhava no lugar surgiu com uma dose generosa de aguardente.

Agorra que sabe mi nombre, posso saber o seu?

João.

Juan de quê?

Apanhou a bebida e emborcou de uma vez, sem nenhuma reação; como se tomasse um copo d'água.

Aqui no Brasil, sobrenomes de pessoas como eu não querem dizer merda nenhuma...

Depois ficou fazendo malabarismos com o copo de vidro nas mãos e demorou um pouco para voltar a falar, sem fitá-lo.

Tu disse que morou um tempo aqui. Posso saber onde?

Octavio Carvajal arqueou as sobrancelhas e sentiu uma eletricidade no ar quando o homem mais uma vez o encarou.

Vivi um par de años no Sul...

Colocou o copo na altura dos seus olhos e fitou o forasteiro através do vidro curvo; ele ficou ainda maior.

No Sul tem gente tua; muita colônia de branco que não fala português. Mas aqui não. Por que veio parar nesse fim de mundo? Tá fugindo de alguma coisa ou de alguém?

Octavio Carvajal pediu licença e, com movimentos lentos e bem visíveis, apanhou e abriu uma cigarreira prata desgastada que estava no bolso superior da camisa.

Estamos siempre fugindo de alguma coisa, no? Vos, yo... Todos, sin ececión. Quando vim parra a Amérrica, foi por causa de la guerra. La Eurropa estava aniquilada...

Enrolou o tabaco com agilidade num pedaço de papel de arroz e depois acendeu o cigarro com um fósforo, enquanto seus olhos miúdos analisavam o homem à sua frente com discrição. Parecia que cada cidade ou vilarejo que visitava tinha um arquétipo desses em um posto de comando que salvaguardava o chefe local.

Eu não te perguntei nada sobre a guerra; eu perguntei o que tu veio fazer aqui na Terra Luminosa...

Tranquilo. É que la guerra siempre está dentro de nós. Talvez por esto estoy siempre mudando de ciudad. Todavía no he encontrado mi lugar.

Chega dessa ladainha, gringo. Não tô com cabeça e tempo pra isso. Vou direto ao ponto: tu veio atrás do ouro?

Octavio Carvajal balançou a cabeça repetidas vezes em negação e com certo ar de ofensa.

No, no hombre, nada de orro. Olhe para mi. Parreço alguém que veio atrás de orro?

Observou-o com ainda mais atenção: o colarinho e os pulsos da camisa limpa abotoados, o sapato preto empoeirado, mas visivelmente lustrado, a fala cordial, a barba aparada, os óculos clássicos, o cheiro fresco do sabonete.

Meus interresses aqui son otros...

Não me diga que tu é mais um desses missionários que querem fundar a própria igreja...

Octavio Carvajal tirou os óculos do rosto e passou as costas da mão nas gotas de suor que teimavam em descer de sua testa comprida e se alojar nas pálpebras e nas bolsas sob os olhos. Havia sido surpreendido com a pergunta já que, por mais de uma década, ele realmente andara por algumas cidades da América do Sul levando suas habilidades intelectuais para uma série de comunidades perdidas em meio às paisagens rurais daquele continente.

Um missionárrio? Essa é una pergunta muy compleja...

Não é não. É o que mais aparece por essas paragens: católico, protestante, evangélico, pentecostal, mórmon e sei lá o que mais...

Bueno, eu no represento ninguna iglesia aún que sea um hombre de muita fé. Entonces se la vida de um missionárrio sigue solo preceitos religiosos, é bastante óbvio que no lo puedo ser. Perro también tenho mis estudos y ideas y si no son especificamente teológicos, son conceptos baseados en la botânica, en la filosofía, en la música, en la espirritualidad, en la psiquiatría e, claro, sobretodo en la medicina...

Impressionou-se com a resposta; na verdade, não a compreendeu de fato. Por toda a vida esteve integrado à simplicidade de sua realidade, e a maioria dos que chegavam ali em busca do ouro eram analfabetos, desgraçados e desvalidos de tudo, cujo único brilho no olhar era o da fome e da sobrevivência. Esses, ele sabia, nunca representaram o perigo real. A ameaça, e nisso ele tinha muita experiência, sempre surgia com roupas limpas e boa retórica. Entretanto, por algum motivo inexplicável, ele olhava para Octavio Carvajal e não enxergava o que já havia visto em tantos outros aventureiros e impostores que chegavam sem permissão à região e logo desafiavam a ordem natural do lugar. Era por confiar em seu instinto de preservação que deixou a corda ser esticada.

— Entendi errado ou tu é uma espécie de médico?

Fez a pergunta com segundas intenções; para ver a reação imediata de Octavio Carvajal, que já havia percebido como aquele homem demonstrava nervosismo, girando sem parar a aliança grossa e dourada no dedo anular esquerdo.

— Entre otras cosas...

— Ou é médico ou não é!

— Sí, sí. Yo havia recém terminado mis estudios quando se dió la guerra. Tive que comenzar mi carrera em el front e em hospitales de campanha. Sin embargo, tomé várrios caminos e amplié meu campo de conocimiento...

— Qual é a tua especialidade?

— Soy cirrurgián.

— Cirurgião do quê?

— Cuido del cuerpo, mas também de la cabeza y, porque no, de la alma de las personas...

— Como assim?

— Sabes, el cuerpo no és el único estado de urgência dos homens. Eso és lo que nos diferrencia de las bestias, afinal, tenemos um cérrebro y toda su complexidade e, metafisicamente, una alma. Por eso somos el avesso de los selvagens, el contrário de um animal. Afinal, eso és lo que nos define, no?

Balançou a cabeça como que para chacoalhar as ideias e processar o que havia acabado de escutar. A ignorância o arrastava para um lugar obscuro onde jamais poderia alcançar as ideias daquele estranho à sua frente. Era apenas um homem humilde de poucas palavras; sua vida se resumia a receber e dar ordens, a cuidar dos problemas práticos do seu chefe. Qualquer coisa que quebrasse esse protocolo o confundia. Nesse instante percebeu que deveria interromper aquele palavrório e ir direto ao assunto.

Escuta, meu patrão viu alguma coisa em você que fez questão de me mandar aqui, mesmo com a minha mulher do jeito que tá. Então, vou te dizer uma vez só: seja claro quando eu faço as perguntas...

Octavio Carvajal calou-se e, pensativo, compreendeu ali a inquietude e a urgência do seu interlocutor.

Você já fez algum parto?

No és mi especialidad, perro, sí, algunos...

Algum complicado?

En tiempos de guerra, todo é complicado...

Já perdeu algum?

Depois de falar aquilo, tentou engolir sem sucesso a saliva seca que sobrava da boca. Naquele instante, Octavio Carvajal mirou bem no fundo de seus olhos atormentados e se levantou da cadeira, o que fez o homem colocar sem nenhuma sutileza a mão sobre a coronha da arma. Depois daquele movimento involuntariamente sincronizado, só ali de pé ele percebeu a estatura do estrangeiro e pela primeira vez achou que, sozinho, poderia ter problemas. Com a iminência do silêncio que precede o caos, o garoto do restaurante se abaixou por detrás do balcão e os dois da retaguarda se postaram em posição de contra-ataque.

Aonde pensa que vai, homem?

Buscar mi valise...

Pra quê?

Juan, encontraste tu médico.

Não sei não. Minha mulher tá atrasada já tem uns dias. Ninguém dá jeito.

Sua voz tremia ao dizer aquilo.

Vamos, hombre! Andalé!

Octavio Carvajal disse aquilo com tamanha eloquência que

parecia que tudo havia mudado: era como se ele visse na figura altiva daquele homem algo muito além do que pudesse compreender; como se ele tivesse surgido ali, exatamente naquele dia, com um propósito específico. Nesses ápices de vulnerabilidade, o desespero e a fé vêm à tona como uma coisa só e foi esse sentimento que fez com que ele retirasse sua mão da arma e tomasse aquela decisão repentina.

Vocês dois: peguem dois cavalos emprestados na estrebaria do Francisco e voltem para a fazenda! Eu vou levar o gringo comigo na caminhonete.

Disse aquilo aos seus sicários num tom de autoridade para quebrar a fragilidade que sentiu naquele momento e saiu do restaurante acompanhado por Octavio Carvajal. Caminharam em silêncio até uma Rural estacionada na praça onde, ao fundo, se encontrava a igreja caiada em branco e uma enorme cruz de madeira em frente à entrada dos fiéis com a figura sinistra e convalescente de Jesus Cristo banhado em sangue. Imóveis, aves de mau agouro, que pareciam cada vez mais imponentes à medida que outras criaturas fraquejavam pelo calor nas encostas da região, vigiavam com paciência o miolo da cidade sobre os telhados secos e alaranjados da igreja, esperando um sopro de morte se aproximar.

Após passarem com brevidade pela pensão sem trocarem uma palavra sequer e de onde Octavio Carvajal retornou com sua valise de couro, seguiram para além dos limites da cidade. Quando tomaram a estrada de cascalho e terra e começaram a subir, ladeando um paredão tomado por uma mata surpreendentemente úmida e fresca com planícies amareladas pelas plantações maduras de banana ao fundo, Octavio Carvajal observou surpreso a impressionante força das águas do rio que tomava conta do eixo esquerdo do vale e que se perdia de vista.

Esse és el mesmo rio que desemboca en el mar, más abajo?

Um dos três: a nascente do rio Luminoso é a que fica mais perto e a água mais pura porque vem do alto das montanhas.

E los otros?

O rio Negro é para o outro lado, não dá pra ver daqui, nasce do lado do manguezal, por isso é tão escuro. Além disso, faz tempo que transformaram ele num lixão. Já o outro é comprido e vem do interior do país; antes tinha um nome indígena qualquer, mas ninguém se lembra mais. É conhecido como rio Vermelho por causa da cor da terra que vem do Sul, mas também porque correu muito sangue nessas águas...

Por causa del orro?

Também, mas no começo foram as disputas de terra. Os gringos contra os índios e depois contra os pretos que trouxeram pra cá e se rebelaram depois de um tempo. Mas não tem santo nessa terra. Eles também matavam com crueldade e sem piedade; e sabiam se esconder.

Com essa mata toda no parrece ser difícil...

Não só na mata, mas também nas cavernas. Tem muita por aqui; já encontraram muita ossada bem no fundo das cavernas. Isso quando não capturavam os soldados, esfolavam os desgraçados vivos e deixavam pendurados nas árvores. Muitas vezes quando encontravam os corpos, todos cobertos de vermes e moscas, já não tinha mais nada para reconhecer.

La piedad no existe em una guerra. Lo sé por experriência própria...

Pra dar uma resposta, a cavalaria dos *bugreiros* entrava na mata armada até os dentes e só saía de lá com uma fileira de cabeças amarradas em cordas e puxadas pelos cavalos. Eles faziam questão de exibir aos locais quando entravam na cidade.

Fueran todos exterminados?

Muito se fala dos bugres que sobreviveram, depois procriaram com as mulheres dos crioulos fujões ou ao contrário, os pretos com as índias, e ainda vivem aí, no interior da mata.

Mitad negro, mitad rojo...

Depois, não demorou muito pra alguém encontrar o ouro nessas montanhas. O fedor se espalhou em questão de semanas...

Em toda parte, el orro atrae la gente como la mierda atrae las moscas.

Isso. Nosso eldorado já foi muito explorado, e sempre quando a febre do ouro parece estar quase acabando, aparece um caboclo desmatando tudo e achando uma pepita em algum lugar. Isso não tem fim...

Seguiram calados por alguns minutos e, após uma curva acintosa, Octavio Carvajal observou um platô localizado na encosta de uma das pequenas montanhas que circundavam a região. Não era o seu ponto mais alto, mas chamava muito a atenção por parecer à primeira vista um local habitável devido à ausência de natureza em boa parte da superfície. Daquele ponto, era provável que houvesse um campo de visão extraordinário de todos os povoados da Terra Luminosa, pensou girando a cabeça, quando viu um lampejo que ele já não sabia se era real ou uma confusão mental proveniente do sol e do torpor após dias de viagem. De longe, algumas ranhuras na mata e no paredão rochoso davam a impressão de que havia caminhos construídos que levavam até o topo.

Juan, que és aquele lugar?

Garimpeiros foram até lá e acabaram com tudo. Foi uma bagunça o que fizeram ali.

Me parrece que hay algo construído... Hay um brilho que...

São só uns casebres e uns galpões abandonados. O brilho deve ser de alguma chapa de metal ou algum material de trabalho que deixaram lá. Ou do sol batendo no calcário...

Octavio Carvajal resolveu se calar. Logo estacionaram a caminhonete em um terreno aplainado onde, por trás de uma grande porteira e um jardim formado por flores e árvores frutíferas com uma fonte de água sibilante cercada por bancos e estátuas de concreto e cal no centro, havia uma casa enorme: podia-se dizer um palacete, de três andares, branco e azul, com ares aristocráticos e ladeado por dois chorões, um de cada lado.

Essa é a Fazenda Campos, da família mais tradicional da região. O dr. Campos é uma pessoa muito boa; um homem de bem...

El és médico?

Não. Por quê?

Vos lo chamaste de doctor...

O capataz nunca havia pensado sobre aquilo; disse da maneira que sempre lhe pareceu correta.

Chamamos assim pelo grande respeito e admiração que temos por ele e por sua família.

Entiendo... Perro o que ele faz de verdad?

Tudo: é agricultor, minerador, empresário, político. A família Campos está aqui faz muito tempo. Participaram da construção da Terra Luminosa. Ajudam muita gente. Sem eles, não tinha escola, posto médico, comércio, emprego...

Octavio Carvajal olhou bem para aquela construção espalhafatosa com colunas e varandas e grandes espaços; nada parecido com o que havia visto até então na cidade. Após passarem pela porteira, entretanto, não seguiram em frente; tomaram um atalho lateral do terreno vizinho a uma vasta plantação de café e seguiram por mais alguns minutos por uma estrada vicinal, seca e poeirenta. Pelas cicatrizes que se via na terra e também pelo murcho das folhas da lavoura, a chuva não devia dar as caras por ali fazia muito tempo.

Uma curva depois, tomaram outra reta e desse ponto puderam ver ao longe, e com o sol que começava a deitar às costas, a sombra avermelhada de um gigantesco carvalho centenário cujos galhos desarmônicos pareciam tentáculos querendo agarrar o céu. Ficaram durante um bom tempo calados com esse desenho rabiscado pela natureza à frente do para-brisa da caminhonete quando chegaram a outra porteira, menor, onde havia uma casa de porte médio, feita de adobe, madeira e palha. Uma mulher gritava lá dentro.

Nenhuma parteira da região disse que dá jeito; que é perigoso. Está atravessado que ninguém consegue mexer o bebê. O médico da cidade disse que era melhor salvar minha mulher e deixar...

No creo...

Aquele filho da puta me disse isso!

Com os punhos fechados, esmurrou com força o volante da caminhonete e cuspiu ao falar; tinha os olhos marejados. Octavio Carvajal o observou com muita preocupação antes de dizer aquelas palavras que decidiriam todo o seu futuro na Terra Luminosa.

No te preocupes. Voy a salvar su hijo e su señora...

Súbito, aquele homem forte, rude e perigoso, que pouco tempo antes o seguira até o pequeno restaurante com o intuito de intimidá-lo, levantou a cabeça e suspirou; o suor escorria abundante pelo rosto ensebado. Depois, virou o rosto e o encarou com seriedade.

Faça isso e tua vida aqui na Terra Luminosa começa amanhã, dr. Otávio. Dou a minha palavra!

Ao escutar aquela promessa, o homem que nascera Otto Karl von Haller e, muito tempo depois e muito longe de casa, se transformara em Octavio Carvajal, compreendeu o respeito com o qual havia acabado de ser tratado; mas o rejeitou.

Gracias, Juan, mas doctor ya hay uno aca. Amigos se llaman por el nome...

Sem dizer mais nada, entrou sozinho na casa. Ordenou a uma das parteiras locais que lhe trouxesse o material necessário e mandou todos os outros saírem. Abriu sua valise e fechou a porta do quarto.

Após nove horas de muita tensão, ouviu-se o choro extraordinário de um recém-nascido.

putaqueopariu; não é fácil.

não falo nenhuma palavra, mas nunca fui mudo. escutar, escuto bem; escuto tudo. de assunto sério dos mais velhos até as bobeiras cheias de palavrões dos meus irmãozinhos. foi assim que aprendi a juntar as coisas que ouvi aqui e ali e pensar do meu jeito. é verdade: nasci de miolo mole e um pouco idiota e depois de um tempo ninguém tinha mais esperança. eu era um retardado e fim de papo; um débil mental que não pensa em nada e só fica olhando o vazio o dia todo que nem um cachorro com sono. mas não é bem assim que é: pode não parecer, mas não sou tonto por completo.

pra saber um pouco mais sobre mim, tenho que falar da minha família, porque a vida toda ouvi a ladainha da boca do papai de que a família é a base de tudo. a pessoa mais velha que conheci da família era o vovô. calado, ele até parecia um pouco comigo; ficava de olho em tudo. uma hora, deu pra se aproximar de mim: tu já parou pra ouvir o mundo hoje, menino? ele falava aquilo pra me acalmar de um jeito carinhoso todas as vezes que eu entrava em parafuso e ninguém aguentava mais meus chiliques. mas eu sempre ouvi histórias que vovô na verdade tinha sido um homem muito mau quando era o capataz da maior fazenda da terra luminosa. só que naquela altura da vida ele não era mais nada daquilo; parecia um cavalo velho e manco; e não era por se apegar ao neto mongoloide que ele ia se transformar em santo de uma hora pra outra.

eu podia sentir o cheiro do medo nele; e, putamerda, um velho com medo era pior que uma criança com medo porque ele tá perto da morte e o castigo de deus pra quem foi mau nessa vida não devia ser uma surra de varinha de chorão ou de ripa de couro de porco como eram os castigos na nossa família. o padre e depois o pastor viviam dizendo isso. talvez por isso ele achasse que podia virar um bom homem no fim da vida ao se aproximar de mim e me ajudar nas crises, segurando meus braços magros e agitados com força e me dizendo aquilo, olho no olho. na verdade, essa foi uma coisa boa que aprendi só com ele; a me acalmar ouvindo o assovio do vento nas folhas das plantações, o som da água do rio correndo ou o canto dos passarinhos em bando voando. talvez só por causa disso eu tenha criado coragem pra sair da fazenda e anos mais tarde chegar até aqui: isso eu devo a ele.

faz tempo que vovô se foi. morreu como todos querem morrer: velho, sem doença ou dor; dormindo. se tinha medo de castigo, em vida não pagou nada; morto, não se sabe. no enterro dele fui o único a chorar e todo mundo ficou me olhando com pena. meus irmãozinhos diziam: miolo mole, para de chorar como uma menininha; depois davam risada e corriam por todo canto até tomarem cascudos e beliscões do papai, que ficou sério o tempo todo enquanto mamãe não contava porque ela chorava por qualquer coisa.

tenho três irmãozinhos. o joão mateus é tratado como o primeiro filho, mas eu sou mais velho que ele. é uma história muito esquisita que papai inventou e seguiu com ela até virar verdade: pelo bem da nossa família, afinal, a família é a base de tudo. o meu irmão foi um alívio depois da experiência que tiveram comigo, mas logo papai se arrependeu porque descobriu que o joão mateus também era um tremendo burro; não tão burro quanto eu porque eu era um menino com problemas mentais, mas mesmo assim muito burro. papai não conseguia disfarçar o desgosto, principalmente quando tomava a tabuada ou o ditado e o joão mateus entrava em pânico de um jeito que eu me mijava todo de tanto rir. a salvação dele era que papai, pra se sentir superior, sempre gostou da burrice; e também dos obedientes e dos puxa-sacos como ele. meu irmãozinho não tem ideia que aquelas coisas que ele sofreu nas mãos de papai não fazem nem cosquinha perto do que eu passei, mas ele me odeia mesmo assim, sendo que eu é que devia odiar ele por ter tomado o meu lugar. é cruel; vive me xingando dos piores nomes e às vezes me bate pra valer quando me pega sozinho e eu não consigo fugir. filhodaputa.

o joão marcos é meu irmão do meio e sempre me defendeu. era o mais esperto, o mais bonito e o mais forte. desde pequeno, vivia o tempo todo na rua; trocava, comprava e vendia coisas; devia roubar também porque estava sempre com tênis e relógios que ninguém tinha. eu não ligava; ele gostava de mim e nunca encrencou comigo. vivia me dando balas, mesmo que mamãe tivesse proibido por causa das minhas cáries e dos meus dentes moles. também me dava figurinhas e revistas de mulher pelada e me ensinou aquilo, de mexer lá embaixo, o que me causou muitos problemas quando me pegaram. durante um tempo passaram a me chamar só de punhetinha. eu achava engraçado: punhetinha; melhor que mongoloide. tinha dia que ele tirava para me ensinar todos os palavrões que conhecia, mesmo que soubesse que eu não seria capaz de repetir; ainda assim ele se divertia muito porque eu ria sem parar. por causa dessas coisas, ele tomava muitas surras, mas nem ligava e no fundo papai até se orgulhava dele porque apanhava como um homem de verdade; sem choramingar e encarando; derrubava nem uma lágrima. esperteza sempre teve, faltava disciplina, ouvi papai dizer várias vezes, e, porque meu irmão era bom comigo, eu torcia pra que papai não fizesse os testes de correção de comportamento nele assim como fez comigo muitas vezes.

e tem o joão lucas: dos meus irmãos, é o mais novo e o mais esquisito. calado e muito inteligente, sempre gostou de estudar. a vida toda tirou notas altas e fez disso um bilhete de saída daqui porque sempre achou a terra luminosa um fim de mundo e as pessoas daqui feias e burras. nisso e em tantas outras coisas ele se parece muito com papai, que também saiu daqui numa idade mais ou menos igual à dele. diferente dos outros, meu irmão sempre tentou falar comigo de um jeito normal e mais sério; não como se estivesse falando com uma criança, com um idiota ou com um cachorro. ele me fazia perguntas complicadas e ficava atento à minha reação. criava códigos pra ver se eu entendia o que ele falava, como papai tentou fazer desde cedo, só que com muito mais paciência. depois que voltou pra terra luminosa e foi viver na colônia, onde virou o principal aprendiz do maestro, como papai um dia também tinha sido, virou meu melhor amigo. nunca entendi a volta dele, mas pelas broncas e surras que levou de papai, com certeza fez alguma besteira muito grande na cidade e por isso teve que voltar pra se esconder no mesmo fim de mundo que um dia quis abandonar.

fico me lembrando dessas histórias dos meus irmãos e do papai, mas eu tenho mesmo é muitas saudades da mamãe. não me contam nada sobre ela porque não me contam nada sobre nada. talvez ela já esteja morta faz tempo; só que não me levaram a nenhum funeral e eu não vi a cara dela branca de maquiagem, o vestido preto, as mãos cruzadas no peito. talvez nunca tenham me falado nada porque eu ia espernear e gritar como um bebê chorão. essa é a fama que eu criei; choro, resmungo, babo, cuspo e tremo todo o corpo quando fico nervoso. isso faz de mim um bebê chorão.

às vezes eu consigo sair desse papel e até consigo ser engraçado e *divertir as pessoas. como no dia em que aprendi a dançar na igreja. quer dizer, dançar de um jeito que pessoas como eu costumam dançar: desajeitado como um orangotango. eu ficava feliz quando as pessoas riam porque quase sempre quando me olhavam era uma tristeza só; isso quando não sentiam nojo das minhas esquisitices. mas tudo tem um limite. um dia, ao me ver dançando numa festa na igreja, um forasteiro disse exatamente estas palavras: até que esse desgraçado é bem engraçado! e na frente de todo mundo riu de dobrar a barriga, sem nenhum respeito. na hora, meus pais e meus irmãozinhos nada fizeram; me tomaram pela mão e foram embora. dias depois, porém, o homem desapareceu e nunca mais botou os pés naquela congregação. na verdade, nunca mais foi visto na cidade.*

sempre que penso nessa história, lembro que mamãe também tinha sumido umas tantas vezes: a ida até aquelas clínicas dos nervos que papai vivia dizendo; e talvez por isso eu ainda hoje ache que ela pode voltar, mesmo que ela tenha me magoado e me abandonado,

O carro não ia tão rápido naquele momento porque haviam acabado de passar pelo ponto exato do início da subida mais íngreme que seguiria por mais alguns quilômetros até chegar ao cume.

Ainda que não pudessem enxergar quase nada devido à estrada sem postes de luz e também à escuridão densa de uma noite sem estrelas, a geografia de toda a região era entrecortada por montanhas e serras escarpadas; as maiores espécies de vegetação ficavam na parte baixa e, portanto, à medida que subiam por aquela pista estreita que seguia em zigue-zague, as encostas se tornavam cada vez mais áridas, formando, à primeira vista, paredões insustentáveis de terra e rocha.

Emílio e Sara seguiam no embalo quase sonolento de uma música antiga que tocava baixo nos alto-falantes quando um raio piscou no ar como luzes de neon de um luminoso defeituoso e, segundos depois, um trovão assustador estourou no céu. Lá de cima, naqueles poucos instantes de iluminação, os dois puderam ver a grandiosidade da paisagem formada pelo conjunto de vales, cujas montanhas se sobrepunham uma à outra como em um desenho infantil; e despertaram um pouco da letargia que parecia tomar conta de ambos.

Falta quanto pra chegar?

Emílio desviou os olhos da estrada para o computador de bordo do veículo e observou que a imagem no painel estava travada, com falhas de transmissão. Em seguida, Sara checou seu celular, também sem sinal.

Estamos perto: três ou quatro quilômetros. Ainda bem que essa estrada não leva a lugar nenhum que não seja até lá.

Não está muito tarde?

Um pouco, mas como a gente ia adivinhar o que aconteceu?

Ninguém gosta de visita noturna. Ainda mais de desconhecidos...

Eu sei, mas a previsão é de chuva forte a semana toda, e vai ficar praticamente impossível subir até aqui. A verdade é que perdemos muito tempo, o prazo correu e não quero chegar de mãos vazias...

A gente não está de mãos vazias...

Mas não chegamos nem perto do que Dirceu disse que haveria...

Outro trovão retumbou ainda mais forte e interrompeu a conversa; através da janela dava para ver ao longe o véu translúcido de água que começava a tomar conta de toda a parte de baixo do vale. Nessa hora, Emílio, que já havia notado a precariedade daquele território, decidiu acelerar o carro antes que a chuva chegasse ali e dissolvesse as encostas que ladeavam a estrada por todo o percurso em um monturo de lama, pedras e galhos.

Não demorou muito e o chiado hipnótico que vinha de longe tomou tudo de assalto. Os limpadores do jipe, ainda que velozes, não davam conta do volume do aguaceiro que atingia o para-brisa com toda a força e a intervalos curtíssimos, desorientados pelo vento que vinha de todos os lados e que parecia, inclusive, balançar o carro em movimento, chicoteando a lataria. Foi então que aconteceu; algo atingiu a frente do carro com força e o sobrevoou, passando por cima do capô, do para-brisa e do teto. Uma confusão de sons eclodiu no ar: o barulho seco da colisão, os freios que fizeram os pneus se arrastarem sobre o asfalto escorregadio e algo entre um grito humano e um guincho animal.

Com o impacto, o carro sacolejou forte e deslizou por alguns metros em poucos segundos, mas Emílio conseguiu dominá-lo; e o que poderia ter sido um grave acidente se resumiu a uma derrapagem que fez com que o carro desse um cavalo de pau e cruzasse a pista no sentido contrário ao que seguiam, próximo a uma ribanceira. Emílio e Sara permaneceram estáticos por um tempo, sem dizer absolutamente nada. Depois, se entreolharam; tremiam muito, abalados. Sara foi a primeira a falar.

Você está bem?

Emílio meneou a cabeça e só conseguiu responder depois de algum tempo.

Me desculpe. Só acelerei porque fiquei com medo que o barranco começasse a desabar com a chuva...

Ao lado, Sara mal escutava o amigo porque seus pensamentos estavam em outra direção. Para ela, era impossível definir se aquilo era real ou apenas uma especulação que sua mente criara um instante antes de baterem.

Emílio, você conseguiu enxergar alguma coisa?

Com essa chuva?

Acho que eu vi um vulto correndo na direção do carro.

Um animal?

O que alguém estaria fazendo aqui, nesta estrada escura, a essa hora da noite?

Então deve ter sido um animal muito grande e pesado porque destruiu o para-brisa e deu pra sentir o corpo passando pelo teto...

É a *febre da caça*. Falam o tempo todo na tevê. A quantidade de animais que vem aparecendo nas estradas e nas cidades não é normal...

Depois do pico de adrenalina que os fez falar de maneira acelerada, entraram outra vez em um silêncio duro; um momento sombrio dentro do qual eles sabiam não haver escapatória caso não fizessem a escolha correta. Os pensamentos dos dois, ainda que indefinidos, vagavam pelos mesmos caminhos; uma sensação estranha de que a natureza estava dando sinais claros de que não os queria ali: a recepção fria das pessoas na cidade, um pneu furado antes de partirem, uma pequena árvore caída no início da estrada, a tempestade e, por último, o atropelamento. Emílio tentou dar a partida no carro várias vezes, sem sucesso. Naquele instante, com a impossibilidade momentânea de partirem e procurarem ajuda, as coisas passaram a ficar mais claras para eles. Emílio respirou fundo e depois acendeu os dois faróis auxiliares.

Se ele passou por cima do carro, o corpo só pode estar naquela direção...

Tentavam olhar para fora, mas era quase impossível devido ao dilúvio que não cessava, ao para-brisa estilhaçado e aos vidros embaçados pelo calor do corpo e pela respiração afobada deles. Ainda que as luzes dos faróis ajudassem a melhorar a visibilidade da pista, era difícil enxergar qualquer evidência ou rastro do que havia sido atropelado. Nos estreitos acostamentos da estrada, era ainda pior; a vegetação alta não permitia saber o que haveria ali. A verdade é que nenhum dos dois tinha coragem suficiente para tomar aquela decisão porque, no íntimo, sabiam que haviam entrado em um estado de negação.

Acho que temos que ir lá fora checar o que aconteceu...

Aquelas palavras de Sara foram o estalo necessário para romper de vez com a imobilidade em que afundavam. Em silêncio, os dois saíram e, antes de seguirem até a estrada, se posicionaram em frente ao carro, iluminados pelos faróis. Verificaram que o para-choque e o capô do lado do passageiro estavam muito amassados, mas não havia indícios de qualquer natureza. Então, decidiram se separar e, sem equipamento melhor à mão, acionaram as lanternas dos celulares e se dirigiram cada um para um lado da estrada. O volume da chuva era tamanho que dava a impressão de que se levantassem a cabeça poderiam se afogar e, se esticassem os braços, não conseguiriam ver as próprias mãos. Por isso iam pé ante pé, atordoados e lentos, como se caminhassem em outra rotação.

Próximo ao barranco do lado esquerdo da pista, em meio à vegetação crescida e sobre uma terra que já se fazia lama, Emílio chutou algo maleável que quase o fez tropeçar e cair. Recuou o passo e tentou usar a luz do celular para verificar do que se tratava, mas ela se fundia à luminosidade dos faróis e se perdia na noite. Portanto, teve que se agachar e, só depois de baixar a cabeça e apertar bem os olhos, compreendeu do que se tratava: não era o corpo de um grande animal silvestre fugido da mata e vítima das temporadas de caça como eles haviam especulado; mas sim o corpo de um homem de bruços atirado ali com a violência da colisão.

Os pensamentos seguiram, um após o outro, sem se alcançarem. Vieram, mais do que qualquer outra coisa, maus sentimentos que se traduziam em fatos recorrentes de sua vida nos últimos anos: a carreira estagnada havia um bom tempo, as oportunidades que desperdiçara, a síndrome da impostura que o perseguia e, sobretudo, a reincidência com a bebida. Havia tomado um pouco de uísque antes de seguirem e pensou se aquilo seria capaz de diminuir seus reflexos a ponto de mudar a perspectiva do acidente.

Tentou racionalizar: embora sentisse um relaxamento natural do corpo, dirigia todo o tempo com atenção e destreza por uma estrada em péssimas condições e, ainda assim, havia controlado o carro como poucos após o atropelamento.

Algo terrível então lhe passou pela cabeça: e se ele fingisse não ter encontrado nada, chamasse Sara, retornassem ao carro e fossem embora dali o mais rápido possível apenas incomodados com uma noite estranha que não terminara da maneira ideal? Ainda que a razão lhe apontasse que aquela era a melhor solução, Emílio balançava a cabeça com violência lutando para expulsar a má ideia de dentro de si. Sara, que retornava de sua posição, percebeu que havia algo de errado e, antes que Emílio pudesse tomar qualquer decisão, caminhou rápido ao seu encontro. E foi ali, em meio àquela natureza grandiosa, mas ainda assim um lugar distante que não significava nada para eles, que juntos constataram a realidade que teriam que enfrentar.

Era um homem que devia pesar mais de cem quilos, que tinha as costas corpulentas se unindo ao pescoço e à cabeça raspada como uma coisa só e cujos braços e pernas, ainda que relaxados, eram membros fortes e duros. Estava nu e daquela perspectiva, ainda que um enorme queloide no crânio se destacasse, o corpo não revelava ferimentos aparentes. Seu rosto estava quase todo afundado na terra e na vegetação, o que não lhes dava nenhuma possibilidade de saber se ainda estava respirando. Tensa, Sara tentou discar o número da emergência no celular, o que fez Emílio segurar-lhe o braço com uma força algo desproporcional.

Calma, estamos sem sinal, lembra?

Emílio ajoelhou-se na terra, aproximando seu rosto do corpo: mesmo com a chuva, era possível sentir um cheiro pestilento e muito desagradável. Depois, tentou virar o corpo sozinho, mas teve que pedir a ajuda de Sara. Nessa hora, além do pescoço flexível e do sangue que esvaía de uma fenda aberta no rosto, algo ainda mais terrível se revelou: os olhos estavam abertos de uma maneira irreal, arregalados de espanto, como se a musculatura da pele ao redor estivesse rígida a ponto de os deixarem daquela maneira; pupilas escuras tomavam quase toda a circunferência do globo ocular. Também observaram que os pés, as mãos e os joelhos apresentavam um aspecto físico fora do comum, um excesso de carne morta e dura, como calos. Além disso, os pulsos e os tornozelos estavam machucados, em carne viva, como se tivessem sido amarrados ou algemados.

Acha que os olhos podem ter ficado assim por causa do susto que ele tomou com o atropelamento?

Pode ser qualquer coisa. Drogas, talvez...

Talvez ele tenha fugido de alguma clínica de recuperação ou até de tratamento psiquiátrico...

Pode ser; tem marcas nos pulsos e tornozelos. Como pode ser também um fugitivo da polícia...

Vou pegar a minha câmera.

Sara então correu até o carro, entrou e passou a mexer na bolsa do equipamento que estava no banco traseiro do jipe. Voltou debaixo de um grande guarda-chuva com uma câmera acoplada a um flash externo pendurada ao pescoço e, depois que fez os ajustes técnicos necessários para aquele ambiente, fotografou. Fez imagens de tudo: planos abertos e fechados; detalhes. Enquanto isso, Emílio não tirava os olhos daquele corpo aterrorizante e, com a lama sob os pés, se sentia afundando sozinho num buraco escuro que ele próprio ajudava a cavar com a ponta dos sapatos.

O que você pretende fazer?

Como assim?

O que você pretende fazer com as fotos?

Por enquanto nada. Estou só registrando.

Estavam encharcados, exaustos e pálidos do frio violento que começava a tomar conta deles.

Sara, a gente não pode usar as fotos e nem envolver a polícia nisso. Vão solicitar exames toxicológicos e a câmera interna do carro. É protocolo para reincidente...

Quando ouviu aquilo, ela olhou para Emílio e enfim compreendeu o teor daquela conversa. Sabia do histórico de alcoolismo do amigo; de suas recaídas com a bebida. Caminhou de volta ao carro e Emílio a seguiu.

Esses meses não têm sido fáceis pra mim. Ainda mais depois do desaparecimento do Dirceu...

O Dirceu não desapareceu; ele se matou.

Você não pode afirmar isso.

Todo mundo sabia que ele tinha depressão e tomava medicação controlada...

O corpo dele não foi encontrado.

Mas o carro foi. Na saída da região, à margem do rio.

Sara entrou, jogou seu equipamento no banco traseiro e se sentou no lugar do motorista. Emílio insistia do lado de fora.

Me diz: um suicida se matar por afogamento é normal?

Um suicida se mata do jeito que dá. E pelo que a polícia falou, muita gente morre afogada aqui e muito corpo não é encontrado...

Muito conveniente. Do mesmo jeito que não ter encontrado o celular ou as anotações dele...

Emílio, você está ficando paranoico que nem o Dirceu quando resolveu acreditar num velho maluco...

Aquele velho não é maluco; é um sobrevivente. E também é uma fonte que se calou durante muito tempo por medo, mas que agora resolveu contar em respeito à memória de uma mulher que conheceu na época e que continua desaparecida...

Sara fechou a porta com força e interrompeu a conversa.

Ao tentar dar a partida no carro inúmeras vezes, numa sequência ruidosa que tensionava ainda mais a situação, Emílio se retraiu. Caindo com lentidão na vala da realidade, calou-se e se afastou, devagar; direcionava o olhar para o horizonte invisível à sua frente, um pouco catatônico, como se tivesse diante de si um espelho sombrio formado pela força da água. Ali, algo terrível sucedeu: à sombra da natureza obscura que tomara conta de todos os espaços sem permitir que um fiapo de luz se desgarrasse, uma barreira ética que deveria ser intransponível se rompeu.

Ao perceber que Emílio já não estava ali ao lado, Sara abriu a porta do carro e, sem sair de dentro, esticou o tronco. Não via nada; era como se a paisagem não permitisse nenhum rastro humano em seus domínios, mas lá no fundo, bem no íntimo da escuridão do vale, observou um vulto iluminado pelos faróis do jipe. Sozinha em pensamentos que a confundiam e em uma passividade conveniente, Sara calou-se durante a cena que durou apenas alguns segundos: Emílio arrastava o morto pelos tornozelos até conseguir empurrar a muito custo o corpo pela ribanceira. Quando enfim o olhar dos dois se cruzou ao longe, ambos souberam que, de uma maneira ou de outra, um pacto havia sido firmado ali e não haveria mais volta. Algo irreversível acabara de ser cometido: o trespassar de uma linha proibida que abalaria para sempre a amizade entre eles.

Depois, em silêncio absoluto, eles apanharam cada qual suas coisas e subiram a estrada a pé por cerca de vinte minutos até o topo. Na parte de cima da montanha, ainda tiveram que percorrer mais de um quilômetro por um caminho de terra e pedra que terminava bem na entrada da colônia, onde uma grande placa talhada em madeira anunciava com letras brancas bem delineadas: BEM-VINDO À COLÔNIA LUMIAR; e logo abaixo, como em um slogan, em letras menores: ONDE A TERRA E O CÉU SE ENCONTRAM. Acesos e sobreviventes à chuva, dois lampiões a querosene protegidos dentro de casas de madeira para pássaros estavam posicionados ao lado da placa e serviram como faróis para que chegassem até ali.

Um pouco à frente, podia-se ver um portão de metal ladeado por cercas de arame trançado cuja extensão era impossível de mensurar e em certo ponto pareciam se metamorfosear à escuridão da noite. Do lado direito da cerca, um pequeno terreno baldio limpo de vegetação parecia fazer as vezes de estacionamento, já que ali pairava solitário um velho modelo de furgão branco. Usando as lanternas dos celulares foram até o portão e tentaram forçar sua abertura quando perceberam que um cadeado impedia o movimento entre as duas partes, a fixa e a de correr. Olharam para cima e viram rolos de arame farpado.

Isso aqui parece mais uma colônia penal.

Ouviram, então, o rosnar sutil e feroz de um cão que parecia vir de dentro. Instintivamente deram um passo para trás quando o animal, uma espécie de dobermann que em vez de preta e castanha tinha a pelagem toda branca, saltou sobre a cerca e começou a ladrar, revelando as gengivas escuras e úmidas e os dentes afiados. Em seguida, o som de um mecanismo metálico ecoou do outro lado da cerca; algo como o clique de uma ignição.

O que foi isso?

Acho que tem alguém armado do outro lado...

Deve ser algum segurança.

Não se mexe, Sara. É melhor a gente levantar as mãos, devagar...

Assim que disse aquilo, os dois ficaram parados no mesmo lugar. Com os braços levantados, as luzes dos celulares ficaram direcionadas para o alto iluminando apenas a chuva e fazendo com que eles não tivessem a mais vaga ideia do que havia à frente. Então escutaram um som rouco e arranhado que emergiu das sombras: num sotaque indefinível, o homem engolia letras e sílabas e juntava palavras no seu falar desarticulado e veloz.

Quesão ocês? Qui querem qui?

Em meio ao negrume e à face branca do cão, surgiu o cano de uma escopeta em riste que logo foi ofuscada pela luz de uma lanterna direcionada para o rosto deles, o que os fez perder qualquer noção de identificação daquele interlocutor. Desconfiado, Emílio achou melhor omitir que eram jornalistas.

Escute, senhor, sabemos que é tarde e pedimos desculpas pelo inconveniente. Meu nome é Emílio e minha amiga se chama Sara. Somos pesquisadores e estamos fazendo um trabalho sobre a Terra Luminosa. Daí, indicaram que a gente visitasse a co-colônia...

Quemdicô?

Fa-falamos com muita gente, a-agora não sei dizer... Nos desculpe, a ideia era chegar mais ce-cedo aqui.

Icadê ocarru docês?

Além de se esforçarem para entender o que o homem falava, Emílio e Sara estavam tão atordoados que não haviam combinado nada sobre o que diriam se fossem questionados sobre as condições do carro. Percebendo que Emílio balbuciava palavras num princípio de gagueira, Sara intercedeu.

Nosso carro quebrou. Está na estrada, a uns três, quatro quilômetros daqui...

Iquebrô comu?

Com essa chuva toda não deu pra ver direito, mas atropelamos algum animal e acho que a batida avariou o motor de partida.

Um bicho fessisstrago todo quissis tão falano?

Parecia ser um animal muito grande, mas não achamos o corpo...

Atropelarum uquê? Um bugri?

Quando disse aquilo, o homem começou a rir, um riso arranhado e grosso que logo veio acompanhado de uma tosse duradoura.

Podisê que ocês tenhatropelado um porco selvagi. Elissão grande, meipreto, meivermeio, meigordo, meiforte. O mais leve devedi pesar sete arroba. Umas praga. Num faz nada. Só sabim fornicá, procriá i cume a cumida dosotro. Sentram aqui destruem tudo, os cantero, as plantassaum...

Escutavam com atenção o que o velho dizia e tentavam decifrar suas palavras, mas o cão não parava de rosnar e ladrar e uma hora já não conseguiam entender nada.

Calaboca, Bino!

Sara aproveitou a interrupção daquela conversa para ir direto ao ponto.

Mais uma vez, senhor, nos desculpe o horário. Não queríamos atrapalhar a rotina da colônia e o seu trabalho, mas teria como nos dar uma carona até a cidade?

Aessa hora? Tá chuveno mutcho. É pirigoso, mossa...

A verdade é que estamos sem saber o que fazer. A gente tá exausto. Não temos onde pedir ajuda...

O homem continuou em silêncio; analisava o que iria fazer. Em nenhum momento desceu o cano da arma. Então baixou o facho de luz da lanterna e se aproximou da cerca.

Podi baxar us brassu...

Ao fazerem isso, puderam ver um homem envolto em uma capa amarela impermeável que seguia do capuz até os tornozelos e cujos pés calçavam galochas altas e pretas. Puxou a guia do cão para bem próximo do corpo, gritou o que pareciam ser palavras de ordem para que ele se acalmasse e ficasse ao seu lado e, só depois de tudo isso, abriu o cadeado e arrastou o portão para o lado, afastando-se um pouco por causa do animal, que parou de latir e voltou só a rosnar numa frequência baixa. Quando entraram, repararam em um detalhe: o homem usava uma máscara de visão noturna que lhe cobria os olhos e parte do rosto, ocultando com isso quase toda a face.

Decê a montanha nim pensá, vai cai tudo. E num vôdexá ocês suzinho nessa borrasca. Tem mutcho selvagi por aqui. Vâmo, vô arrumá uma cabana. Manhã cês cunversa cum chefe...

Sem falarem muito, agradeceram àquele homem taciturno que os acompanhou em silêncio numa caminhada um pouco labiríntica de alguns minutos até uma pequena cabana, onde abriu a porta com uma das chaves de um molho no qual havia dezenas de outras, e depois se foi. Já dentro do lugar mobiliado e limpo, os dois amigos mantiveram o silêncio da estrada e cada qual logo achou seu espaço, compreendendo com isso que não queriam conversar sobre o que havia acontecido; ao menos não naquela noite.

Enquanto tentavam de alguma forma dormir, uma melodia discreta e um som lamurioso quase imperceptível se fez presente no espaço junto ao barulho recorrente da chuva; e, depois de um tempo que pareceu inalcançável, as primeiras nesgas de uma claridade quase abortada pela escuridão de nuvens carregadas começaram a despontar no céu.

PARTE 2
Terra Luminosa

o corpo do gordo é o que te dá mais trabalho. ele carrega uma escopeta nas mãos rígidas de tensão e tem um buraco enorme na barriga, onde vísceras estão à mostra junto a uma mistura homogênea de carne, músculo e osso. você está tão assustado com o rescaldo do horror ao seu redor que, dentro do turbilhão de sentimentos que o invade naquele momento, tem que usar a sua imaginação habitual para fugir à realidade; e nisso tem a fantasia de que aquele ser humano é como um simulacro: um manequim preenchido por estopa e tinta vermelha que fora estropiado e atirado ao lixo; uma casca daquilo que um dia foi alguém.

quando consegue enfim se livrar do corpo, você percebe que já o havia visto algumas vezes na cidade; constata que é apenas um garoto que morreu defendendo a colônia, como muitos outros meninos da terra luminosa que competiam entre si e sonhavam galgar o topo da pirâmide imaginária daquela extensa província comandada por algumas famílias ao longo de gerações, mas sobretudo pela sua nas últimas décadas. para tanto, se espelhavam na história de sucesso de seu pai, o filho do capataz que chegou ao poder por conta própria e formou seu clã. assim como ele, também se alimentavam da inveja e do rancor para se fortalecer; a sensação de inferioridade e fracasso usada como combustível para seguir adiante.

o antigo caso do garoto tomás, que arrancou um olho do filho de um dos fazendeiros locais com uma faca e disse que deus lhe havia dito para fazê-lo porque ali havia um tumor e ele fora escolhido para operar um milagre, provava isso. muito tempo após se entregar à polícia, descobriu-se que não havia nenhuma fé ou mesmo vingança naquele ato: tomás confessou que seu único pensamento quando fez aquilo era que não queria ser mais um pobre-diabo como o pai, a mãe e os irmãos; a vida toda explorados, humilhados e castigados por onde passaram. assim como qualquer um desses jovens que agora estão mortos por todo lado, a história do garoto tomás é apenas mais uma de tantas outras terríveis que aconteceram na terra luminosa; de garotos que pagam o preço da visibilidade a qualquer custo e cujos fantasmas passam a perambular eternamente pela região, como almas presas nas margens de um sonho.

mesmo deixado de lado por acharem que provavelmente estava morto, precisa ficar atento; como todos na colônia, você é um alvo. se arrasta pelo chão e depois engatinha. não percebe nenhuma movimentação, nenhum murmúrio, e então se levanta. nessa hora tem vontade de tossir, ainda que a fumaça esteja mais do lado de fora que de dentro. puxa o braço da camisa branca de manga comprida que está manchada com o sangue de uns tantos mortos, coloca sobre o nariz e a boca, se apruma pela parede lateral do corredor e vê que os fundos da cozinha estão, ao que tudo indica, livres.

ali não há ninguém, e então imagina que as cozinheiras e as criadas conseguiram fugir antes do ataque, pois não houve tempo para o banquete: as chamas do fogão à lenha continuam acesas e a comida abundante queima nas panelas de barro ao lado das travessas com leitões inteiros e novilhos fatiados. ver aquilo logo depois dos mortos da sala lhe dá engulho e ali, de pé, você vomita. súbito, sua pele fica fria e seu hálito, amargo. percebe que os sapatos pretos que haviam sido lustrados com capricho pelo seu irmão joão lucas estão imundos, e então só consegue pensar que ele vai ficar bravo quando vir, mas depois te dará uns tapas carinhosos na cabeça, balançará seu cabelo e o ajudará a limpar, apertando bem os cadarços, como sempre faz para que você não tropece. essa é a única imagem que vem à sua cabeça porque você, que só foi até o casarão para tentar encontrar e salvar seu irmão, não quer compreender ainda que, depois dessa rebelião, ele também pode estar morto.

cola a orelha próximo à porta fechada que dá para a área externa e lá fora ainda ecoam gritos, gemidos, guinchos, latidos e, ao longe, alguns tiros. em uníssono, a música suave e recorrente reverbera nos alto-falantes espalhados por todo o lugar como uma tocante marcha da morte. volta o corpo para o interior da cozinha e tem a percepção de que aquele trecho do terreno à frente é aberto demais e que ali deve haver muitos corpos porque é a área onde confraternizavam durante a celebração. decide então retornar à sala para abrir outra possibilidade de fuga, mas vê que por ali agora é impossível; o fogo invadiu o lugar através das janelas de madeira e das cortinas de algodão e já começa a queimar tudo à sua frente. vê dois corpos próximos em chamas que parecem derreter como pedaços de carne gordurosa e crepitar como gravetos numa fogueira: um cheiro horrível se fixa no ar e na memória e, somado ao cenário em torno, é como se a maldade se transfigurasse em algo palpável.

nesse momento sua cabeça pende para cima e para baixo e grunhidos e choramingos fluem de sua boca, como costuma acontecer em situações de descontrole. lembra-se do seu avô: tu já parou *para ouvir o mundo hoje, menino? fecha os olhos com muita força e deseja voltar no tempo e escutar o som do vento, do rio e dos pássaros, mas é impossível; tudo o que ouve são os ruídos do horror e sabe que precisa sair dali o mais rápido possível se não quiser morrer. sua vantagem é que conhece aquele lugar como poucos e precisa evitar os caminhos óbvios. para tanto, é inevitável atravessar o gramado que dá acesso aos grandes canteiros. quando abre a porta, fica paralisado ao perceber que um dos bichos ainda está por ali, ao longe, nas sombras e de costas para ele. parece calmo por não ter a quem atacar, chafurda sobre um dos corpos sem fazer muito barulho. então você vê o fogo chegar com rapidez à cozinha e compreende que não tem escolha. olha ao redor e procura algum sobrevivente, mas a esta altura, os que sobraram devem estar fugindo pela estrada.*

sai então devagar, pé ante pé, se esconde atrás de uma árvore e sente uma eletricidade trespassar a espinha como um instinto inexplicável que lhe diz que aquela noite é obra de algo maior, uma ação divina que subjuga qualquer vontade humana. é como se aquela celebração tivesse sido preparada deliberadamente para ser o seu próprio fim; e o fim talvez significasse um renascimento para aquela terra.

aproveita a situação de relativa calmaria para atravessar o gramado o mais rápido e silencioso que pode. tenta não tropeçar nos muitos corpos espalhados naquele vasto campo fúnebre; e quando sente o aroma doce das flores e a folhagem no rosto e nos braços dos canteiros de copos-de-leite, é como uma libertação. corre, resfolegante e com a boca aberta; a língua grande de lado à mostra como um cão, seu eterno cacoete quando fica nervoso. corre de maneira transversal para chegar logo ao caminho de terra que dará acesso à saída, mas quando chega ali, quase é atropelado por uma caminhonete que surge do nada em meio aos canteiros e desvia do seu corpo de tal maneira que raspa toda a lateral direita numa cerca de arame farpado, derrapa, dá um meio cavalo de pau e, por muito pouco, não capota.

logo adiante o veículo para; as luzes dos faróis altos permanecem acesas e iluminam todo aquele recorte da noite: as trevas se dissipam e as partículas da terra no ar saltam em direção às estrelas como diamantes no céu. você não aguenta mais correr, está esgotado, sem ar, sem pernas. então agacha o corpo, deita as costas no barranco e respira,

O som era irritante, mas não o atrapalhava porque estava longe de qualquer área civilizada; então, tirou-o de dentro de um saco de estopa que apanhara escondido do celeiro assim como um par de luvas de couro e camurça que lhe protegeram todo o tempo das garras e presas. Ele já havia amarrado as patas do gato com um pedaço de corda e o imobilizado a ponto de o animal não conseguir fazer mais nada que não fosse se debater no chão de terra batida, como se estivesse tendo um ataque epiléptico.

Não tinha simpatia por animais domésticos; tampouco pelos animais da fazenda. Achava-os subservientes, tolos e inúteis, sobretudo porque haviam perdido seu bem mais precioso: a selvageria. Para ele, os únicos que ainda mantinham sua dignidade viviam nas sombras, nos rincões e nas profundezas da natureza; sem qualquer contato com humanos.

O laço já estava armado e a corda, cujo comprimento era obviamente menor que a altura, fora presa a um dos galhos mais baixos da enorme árvore. Ele então agarrou o gato assustado e subiu com habilidade juvenil até alcançar uma superfície grossa, quando lhe prendeu a cabeça e ajustou o laço ao pescoço. Depois, desatou com um puxão os nós das patas e, assim que se libertou, o felino se ouriçou, arqueou o dorso, chiou um ruído desafiador e subiu pelo galho, fugindo do seu alcance até a corda lhe apertar o pescoço. Sabia que havia algo de errado, fora de tom; ciscou tenso, para lá e para cá, sobre o galho comprido até se ajeitar na parte alta, mirando-o com os olhos amarelos cintilantes que pareciam carregados de ódio.

Desceu de um salto e sentou na grama úmida dos dias de chuva. Gostava da sensação de andar sobre a lama e o pasto pegajoso; seus pés como ventosas tentando se equilibrar no mundo e pertencer àquela terra onde vivia desde que nascera, havia quinze anos. Depois, recostou-se com as mãos entrelaçadas sob a cabeça e olhou para cima o céu repleto de nuvens encrespadas que não permitiam a passagem do sol e, com isso, postergavam as manhãs.

Ele achava ser possível ao animal tomar a decisão sobre morrer ou permanecer vivo; uma ideia mirabolante que não lhe pareceu absurda e que surgiu de uma conversa confusa sobre livre-arbítrio que ouvira escondido na ocasião do velório de um garoto da sua idade que se enforcara, chocando a todos porque aquilo era algo novo na Terra Luminosa. Ele sabia que o gato era um ser irracional, mas por outro lado presumia que, se existia mesmo um instinto de sobrevivência dos animais, isso poderia salvá-lo. Ainda criança, à sombra da inocência e da ignorância, criara esse jogo perverso que praticava de tempos em tempos: se em até uma hora o gato não saltasse e quebrasse o pescoço, seria libertado como se aquilo fosse de alguma forma uma escolha.

Deitado ali, com o som da brisa soprando as folhas do bananal ao fundo e deixando os minutos passarem nos ponteiros do relógio de pulso que ganhara do pai, pensou que de uma maneira ou de outra todos os moradores da Terra Luminosa conheciam as histórias dos enforcamentos. Ainda que houvesse um pacto de silêncio sobre o assunto que só circulava à boca miúda, como um segredo familiar soprado ao ouvido, os locais sabiam que os enforcamentos que perpassaram tempos e gerações distintas ocorriam sempre em um mesmo lugar; um ponto cego e distante da civilização, um espaço íntimo destinado à brutalidade a que apenas alguns tinham acesso.

Toda vez que ia até lá, o garoto relembrava as inúmeras versões que havia escutado sobre os enforcados; histórias que escapuliam na embriaguez dos homens, na língua solta das mulheres ou na senilidade dos velhos; e ficava a imaginar os fantasmas que deviam povoar aquele descampado, caminhantes ou ainda pendurados aos galhos, cujos corpos desaparecidos se encontravam eternamente presos às raízes profundas do carvalho centenário.

No entanto, uma história em especial sempre lhe chamou mais a atenção do que outras: houve um tempo em que toda aquela província vasta, dos vilarejos mais próximos às montanhas e serras até os localizados após a zona de mata, chegando ao estuário e ao litoral, foi assolada por uma grande desgraça. Primeiro, apareceram peixes mortos; depois alguns animais silvestres; pássaros. Uma grande quantidade de casos de pessoas doentes com sintomas similares se avolumou com o passar das semanas: febre intensa e falta de ar. Após as primeiras mortes, o que no início foi chamado de fatalidade acabou por se revelar uma situação de extrema urgência, e as autoridades se viram obrigadas a notificar o Estado sobre o que estava acontecendo ali.

Um médico sanitarista da capital e dois auxiliares chegaram à Terra Luminosa pouco tempo depois e, numa breve investigação de campo, constataram a grande probabilidade de que a contaminação se desse por meio da água dos rios. Como na maioria das vilas e comunidades não havia sistema de água encanada e tratada, mas apenas poços artesianos e cisternas, o caminho da contaminação se tornou óbvio. Assustada, a maioria da população se posicionou ao lado do médico gentil e eficiente que mandou trazer antibióticos e oxigênio da capital e conseguiu, com ajuda de uma força-tarefa local, salvar a vida de muitas pessoas. Dia e noite, mães desesperadas se acotovelavam na pensão onde estavam hospedados para lhe agradecer.

Nas semanas seguintes, ele e sua equipe receberam o aval para circular por vários pontos da Terra Luminosa, incluindo áreas particulares. O objetivo era coletar amostras de água e analisar o que de fato estava provocando o surto da doença e onde estariam os maiores níveis de toxicidade para depois pensarem em um planejamento adequado. A partir de resultados prévios, informaram às autoridades que a primeira coisa a fazer era tentar interceder contra o garimpo. Explicaram que os resíduos químicos da mineração estariam causando a contaminação em massa e mais mortes ou efeitos colaterais desconhecidos poderiam ocorrer, ainda que demorassem a se manifestar porque a ação no organismo humano em geral era lenta e gradual.

No dia seguinte, enquanto faziam mais um trabalho de campo, foram sequestrados; encapuzados, acabaram levados na caçamba de uma caminhonete por um longo tempo em subida até chegar a um lugar muito úmido que fedia a fezes de animais e de onde puderam ouvir bem ao longe guinchos assustadores. Acocorados em um chão de terra batida sem comer nem beber, seus algozes ficaram calados todo o tempo: um recado sem palavras. Dois dias depois os colocaram de novo na caçamba da caminhonete e os libertaram em um ponto de mata próximo à cidade.

Quando retornaram à pensão e constataram que todo o material de pesquisa e coletas havia sido roubado, os dois pesquisadores que acompanhavam o sanitarista decidiram partir e disseram que denunciariam o fato à polícia da capital. Ele, entretanto, se recusou a ir, como um compromisso ético que havia assumido com as mães que haviam perdido suas crianças. Embora as lideranças da província repudiassem o que tinha acontecido, nada de efetivo foi feito nas semanas seguintes. Quando questionava as autoridades sobre o estágio da investigação, apenas desconversavam. Um dia percebeu que estava por conta própria: sem notícias de seus assistentes e com o sistema de telefonia precário e sem linhas devido às chuvas, resolveu retomar sua jornada de alerta à população que, pouco a pouco, passou a ignorá-lo.

A vida na Terra Luminosa parecia voltar ao normal. Falava-se que houve exagero nas informações sobre a contaminação. Em uma ocasião, alguém o confrontou dizendo que tinha sido uma grande irresponsabilidade provocar pânico generalizado na população. Logo, os insultos e as galhofas passaram a ser rotina; um dia, crianças lhe atiraram pedras enquanto fazia uma coleta. Todo o respeito que aquelas mesmas pessoas semanas antes demonstraram por aquele médico gentil e inteligente, em pouco tempo se transformara apenas em escárnio e ódio.

O estopim se deu quando um burburinho se espalhou: o boato de que ele não trabalhava para o governo, mas sim para uma grande empresa mineradora que armava uma grande fraude sanitária para provocar medo na população e, com isso, expulsar os pequenos garimpeiros dali e garantir o monopólio da exploração do ouro. Ao longo de poucos dias essas especulações se tornaram certezas, ainda que ninguém soubesse de onde a informação havia surgido. Por fim ele decidiu que finalizaria o mapeamento das amostras e as levaria para a capital. Antes, porém, mais uma vez foi sequestrado. Desesperado, afirmou que iria mesmo embora; só que, assim como da primeira vez, o silêncio era a estratégia daqueles homens que o obrigaram a subir uma escada longa e bamba, passaram a corda sobre um dos galhos mais grossos do carvalho e, sem julgamento ou direito a mais nenhuma palavra depois do laço apertado no pescoço, empurraram seu corpo na direção do espaço vazio.

Ele nem estrebuchou: o estalo seco anunciou que o gato quebrara o pescoço de uma vez. Olhou o relógio e viu que havia passado menos de uma hora. Então cortou a corda com uma pequena faca que mantinha escondida em um pedaço de trapo dentro de uma das botinas, colocou o corpo no mesmo saco em que o trouxera e andou por dentro da mata para que não o vissem chegar ao rio. Sentado à margem, apanhou algumas pedras pesadas e as enfiou no saco; girou sobre a cabeça e o atirou bem longe, quase no meio das águas, onde havia bastante profundidade para que aquilo permanecesse ali para sempre.

Esperou dar o horário de saída da escola e depois voltou para casa como se nada tivesse acontecido. Seu pai chegou quase em seguida para o almoço e, em silêncio, não olhou para ele tampouco para a mulher quando foi ao banheiro se lavar. Voltou minutos depois, sem a camisa e com uma toalha nos ombros. Embora tivesse passado dos cinquenta anos, era um homem em plena forma. Sentou-se à mesa, servida com uma travessa de carne assada com batatas e cenouras. Comeu um pouco sem tirar os olhos do prato, mas pelo tom de voz já se sabia com quem estava falando.

Tem alguma coisa pra me contar?

Ele já sabia que o filho havia fugido mais uma vez da escola. Na verdade, à parte o desrespeito e o fato de mentir de maneira compulsiva para eles, não se incomodava muito com o fato em si. Na sua época, estudou até a quarta série e logo foi trabalhar no campo, assim como a esmagadora maioria dos homens daqueles povoados espalhados pela Terra Luminosa. Naquele canto do mundo, ninguém ligava para os estudos; só se crescia na força e na habilidade do trabalho. Abandonar a escola não era o problema; questionar a sua autoridade sim. Portanto, por força do hábito daqueles tempos de poucas palavras, fazia o mesmo que todos para deixar claro quem estava no comando: dava ao filho uma contundente surra de ripa de couro de porco ou varinha de chorão.

Após as primeiras coças, nas quais seu filho nunca abriu a boca, não demorou muito a compreender que o castigo físico não resolveria nenhum problema. Ainda que fosse apenas um adolescente desajustado e arrogante, o garoto tinha convicção de que ali naquelas terras precisava aprender um ofício ou uma função que lhe desse, no mínimo, o mesmo poder que ele tinha sobre os outros. Sentia até um certo orgulho disso porque tinha absoluta clareza de que seu filho não se tornaria um moleirão, um bêbado ou um mulherengo, como acontecia a muitos jovens dali. Só não acatava de vez o seu desejo porque um corpo estranho a essa lógica o incomodava e o fazia adiar sempre essa decisão. Era apenas uma impressão, algo vago presente em seu filho que o perturbava desde a primeira infância; um olhar frio e compenetrado muito distante daquela idade, algo precoce que não combinava com a inocência de uma criança.

O senhor já sabe.

Já sei o quê?

Que eu cabulei a escola de novo...

Não estou falando disso.

E sobre o que o senhor quer falar?

Antes de continuar, fixou o olhar no garoto; era bom observador. Não tinha chegado até ali à toa. Entretanto, seu próprio filho lhe escapulia de tal maneira que muitas vezes se sentia um inútil.

Sumiu outro gato da casa do patrão...

A mulher, que só servia a comida e observava calada a conversa, abriu a boca pela primeira vez.

Mais um? Coitada da dona Ana, ela e aqueles gatos são como unha e carne...

Coincidência, né?

Não tirava os olhos do filho que em contrapartida não desviava o olhar para não transparecer a culpa.

Qual?

É a segunda vez que um gato dela some no mesmo dia que tu cabula aulas. Não pense que sou um idiota...

O que o senhor quer que eu diga?

O que fez hoje de manhã, nem mais nem menos...

Não. O senhor quer que eu diga que matei os gatos...

Matou?

O olhar se transformou; como se houvesse algo por trás dos olhos que fosse capaz de reunir ali, sobre aquela superfície, um reflexo de maldade, soberba e ironia que lhe vinha do fundo da alma e que seu pai conhecia muito bem.

O senhor está me acusando de uma coisa que não tem certeza. Se tivesse, eu nem estaria sentado aqui na mesa...

Eu te fiz uma pergunta.

Fui tomar banho de rio. E depois fiquei lá, jogando pedras na água e me secando. É só olhar minhas roupas. Estão molhadas...

Preocupada, a mãe do garoto fingia que comia. Como todas as mulheres de seu tempo, não se metia na discussão dos homens à mesa; não queria se indispor com um ou outro. Amava o filho, mas também o marido, sobretudo porque ele não a desrespeitava como a maioria dos homens casados da província, que todas as sextas-feiras desciam a trilha secreta às margens do rio Luminoso em direção ao mar, cantando e bebendo em cima de seus cavalos trôpegos até o bordel disfarçado de casa de jogos de dona Bárbara, mentindo que iriam jogar cartas.

A verdade é que dona Bárbara, que diziam ter sido uma linda e respeitada mulher no passado, amante desejada pelos poderosos, senhora de seus próprios negócios e depositária de grandes segredos da Terra Luminosa, já havia muito tempo não era proprietária do lugar. Contudo, o cabaré permaneceu atrelado a ela, numa perpetuação solene de seu nome sobretudo devido à fama conquistada durante décadas de glória.

As histórias que todos contavam era que ela desaparecera da Terra Luminosa após matar a tiros de espingarda um importante capataz de uma das fazendas locais e emascular um membro da família Campos com uma navalha após uma de suas meninas ter sido violentada até quase a morte. O que se dizia era que não fora apenas por esse motivo; e sim porque a vítima era sua amante secreta de longa data. Outras histórias, porém, afirmavam que dona Bárbara sempre agira daquela forma, com toda a dignidade e senso de justiça que lhe era peculiar; e faria aquilo mais uma vez se a agressão fosse destinada a qualquer uma de suas protegidas.

Nunca houve explicações públicas sobre o seu desaparecimento. Alguns achavam que, com sua conhecida perspicácia e lucidez, ela teria fugido com suas meninas antes da retaliação, porque havia mexido com a família mais poderosa de toda a região; e, ainda que fosse considerado por todos um idiota, um bêbado inútil que não se interessava pelos negócios e só causava aborrecimentos, a notícia da emasculação de Carlinhos Campos que se espalhara por toda a região em questão de horas era uma desonra e uma humilhação grandes demais para serem contornadas. Para outros, contudo, o orgulho de dona Bárbara havia feito dela mais uma vítima a compor o mosaico de histórias interrompidas da Terra Luminosa. Diziam que ela havia armado suas meninas com revólveres e espingardas e aguardado a chegada dos capangas de Campos. Utilizando-se de sua reputação, tentara negociar, sem sucesso. Sucedeu-se, assim, uma carnificina tamanha que os poderosos da região acharam melhor ocultar o que havia acontecido, reparando logo em seguida as marcas de tiro por toda a casa e rapidamente colocando uma substituta qualquer no lugar.

A despeito de todas as especulações, assassinada, desaparecida ou autoexilada, dona Bárbara se transformara com o passar do tempo em uma referência velada que se infiltrou ao longo dos anos no imaginário popular das mulheres de toda a Terra Luminosa, cujas histórias de enfrentamento, subversão e liberdade se propagaram no boca a boca e se tornaram exemplo.

Tudo o que eu queria agora era ter a força e a coragem de dona Bárbara.

Se dona Bárbara estivesse aqui, na sua frente, duvido que tu faria isso de novo.

Pensa bem antes de fazer qualquer coisa, que dona Bárbara pode estar por perto com a sua navalha.

Se fosse dona Bárbara, cortava os bagos desse filho da puta e enterrava ele no mangue.

Durante muitas décadas, casos esparsos de homens emasculados aconteceram na Terra Luminosa; em geral estupradores, pedófilos e violentadores de toda espécie. Nunca se soube quem ou o que de fato era responsável por aquilo, mas toda vez que acontecia, a população aceitava aqueles atos de violência de bom grado e seguia a vida, silenciosa e satisfeita. Foi dessa forma que surgiu mais uma das várias fantasmagorias locais: o mito de dona Bárbara, uma crença popular de que seria seu espectro justiceiro a exterminar as maldades dos pervertidos.

Presta bem atenção: eu vou ficar de olho em ti e, quando não for eu, vou colocar alguém o tempo todo no teu encalço. Se eu perceber qualquer deslize, pode escrever: vou te colocar na mesma hora pra trabalhar nas lavouras...

Pai, o senhor sabe bem que isso é trabalho dos que nunca vão conseguir subir de patamar. Se for esse o castigo, prefiro escavar pedra e garimpar ouro...

De jeito nenhum! Isso ainda vai ser a desgraça desta terra. Estão cavando do lado oeste agora: uma multidão. Muita gente de fora armada até os dentes. Uma hora a guerra vai chegar.

Então me coloca na equipe de segurança. O senhor é o braço direito do patrão. Manda nas coisas todas por aqui. Pode me ensinar o trabalho…

Sentiu uma ponta de orgulho ao escutar aquilo da boca do seu único filho, mas não pôde demonstrar. Olhou para a mulher retraída, mas atenta ao diálogo. Depois mastigou um grande pedaço de carne e não esperou engolir para continuar.

É um trabalho complicado e, além do mais, tu é muito novo, só tem quinze anos.

Faço dezesseis mês que vem e já sou homem. Sei muito bem manejar uma arma…

Fitou o filho de um jeito como havia muito não fazia; se reconheceu ali. O espírito arredio por querer logo assimilar o aprendizado prático da vida e, com isso, fazer parte da engrenagem daquele mundo em que eles viviam. Sua rebeldia, porém, deixava o pai inquieto.

Aqui na Terra Luminosa tudo funciona a partir do respeito à hierarquia. E são pessoas como eu que garantem que isso aconteça. Entendeu? O que quero dizer é que atirar em latas velhas não é a mesma coisa que tomar uma decisão que não dá pra voltar atrás. É fazer o que tem que ser feito quando ficar cara a cara com um desses que não têm nada a perder. Ou com quem quer destruir o que a gente vem construindo. A Terra Luminosa é como uma família, filho. Protegemos um ao outro…

Não era muito de falar, mas naquele momento achou o discurso necessário. Falou com ímpeto e chegou a bater com força a mão espalmada na mesa porque sentiu que já era hora de o filho compreender a dinâmica das coisas naquelas terras.

Eu entendo o que o senhor tá falando, pai. Respeito isso.

O problema é que o senhor fica muito preso aos interesses do dr. Campos.

O dr. Campos é o meu patrão!

Hoje ele é o patrão. Ontem foi o pai dele e antes o avô. Amanhã vão ser os filhos...

Quer que faça o quê?

Nada...

Fala!

As histórias correm por aí...

Que histórias?

Deixa pra lá, pai...

Agora desembucha!

Ouvi falar que um dos filhos dele da capital está envolvido com política. O mais novo...

Esse foi embora daqui cedo pra estudar. Sempre teve tudo de mão beijada. Desde pequeno, um filho da puta esnobe...

Ele vinha passar férias aqui na fazenda e adorava ir pra vila se exibir em cima daqueles cavalos de raça do pai dele, cavalgando devagar bem no meio dos meus amigos...

E o que tem ele? Qual é o problema de se envolver com política? O pai foi prefeito quantas vezes? O avô?

Parece que ele mudou de lado. Conheceu gente na universidade, intelectuais...

Não tô entendendo.

Tão dizendo que a guerrilha tá se juntando em terras distantes como a nossa por causa da mata fechada e das cavernas. Lugar para se esconder e com várias rotas de fuga é que não falta. E que também tão fazendo treinamento paramilitar e que o filho dele pode estar ajudando...

Ali na Terra Luminosa as notícias se misturavam às intrigas, especulações, fofocas e mentiras, e circulavam na boca das pessoas ainda mais do que a previsão do tempo. Em questão de dias ou mesmo horas, um boato se tornava verdade absoluta e incontestável, enquanto uma verdade poderia ser ridicularizada a ponto de ninguém a levar a sério.

Aquele estrupício por acaso virou comunista? Já chega, meu filho! Para de falar bobagem. Presta bem atenção. O dr. Campos tá velho. Não quer saber mais de política, ainda mais nesse momento conturbado. Só o que interessa a ele são os negócios...

Bom, não sou eu que tô dizendo. Foi o que eu ouvi do primo de um amigo, que é cabo do Exército...

E que cabo do Exército é esse que fica contando detalhes sigilosos do comando pra dois merdas como vocês?

Todo mundo tá comentando, pai...

Todo mundo quem? É uma acusação muito séria, meu filho. Duvido que o patrão ia deixar isso acontecer. Ele é um homem sério, de bem. Sempre ajudou a gente. Dá casa, emprego, terra...

Uma casa velha, uma caminhonete caindo aos pedaços e alguns metros quadrados? O senhor tem escritura disso aqui, pai? Porque, não sei se o senhor percebeu, mas a gente vive dentro da fazenda dele...

Lembrou-se do estranho dia em que o filho nasceu: um instante inesquecível que, anos depois, ainda considerava um milagre devido às condições em que o parto aconteceu. Antes ignorante de qualquer fé religiosa porque sempre fora um homem pragmático e habituado aos fatos e às relações concretas da vida, naqueles meses em que sua mulher enfrentou uma gestação bastante complicada passou a ler com fervor e compulsão o livro sagrado e a rezar todas as orações que nunca aprendera até então.

Apegado emocionalmente às palavras do último livro do Antigo Testamento, assim que viu o rosto do seu bebê, vivo, rubro como o sangue e esganiçado como um sobrevivente, decidiu batizá-lo Salvador. Achava, em sua fé desesperada e ingênua, que seu filho tinha vindo ao mundo como uma mensagem divina, como um mensageiro de Deus. Considerava que, mesmo sem merecimento, havia sido iluminado de alguma maneira e, por esse motivo, não queria que João Salvador fosse como ele: o homem que resolvia todos os problemas; o que sujava as mãos no lugar de outros. Havia prometido à mulher que, caso a criança sobrevivesse, o faria seguir outro caminho. Por esses motivos sempre foi duro com o filho, obrigando-o a estudar, a frequentar a igreja, a seguir suas regras.

Tu vai ser melhor do que eu, meu filho. Eu só obedeço a ordens. Esse é o trabalho de um capataz.

O garoto o encarava como um homem-feito, ciente do que faria e do que seria capaz de fazer.

O senhor não imagina o poder que tem, pai. Se você quisesse de verdade, as coisas poderiam mudar.

Como?

A gente nasceu aqui; essa terra é nossa. A família Campos está enfraquecida. O velho está morrendo e os filhos são todos uns idiotas. Talvez seja a hora.

Olhou o filho de cima a baixo e compreendeu naquele momento que João Salvador jamais seria um subordinado como ele.

É o Maestro, né? É ele que está colocando essas ideias na sua cabeça.

O Maestro me ensina muita coisa, mas ele é um homem só de palavras, pai. Este sou eu.

sou capaz de ficar horas parado, de guarda, de olho nas coisas todas; um vigilante; talvez seja isso o que eu sou desde criança. por experiência própria aprendi que observar é o melhor jeito de se proteger; se não, o elemento surpresa acaba com tudo. foi o que aconteceu aqui, não foi?

de tanto prestar atenção em tudo, tenho lembranças muito antigas que sei que são reais e não inventadas por mim: sou capaz de memorizar muitas coisas com apenas um olhar. são os detalhes; prestar atenção aos detalhes me ajudou a manter alguma memória. devo ter esquecido muitas passagens da minha vida na época dos testes que me obrigaram a fazer, mas tenho certeza de que algumas lembranças que importam não conseguiram apagar; por causa dos detalhes.

por exemplo: tenho recordações de quando eu ainda era bem novo, de algum jeito que não sei explicar: mamãe chorando pelos cantos, falando sozinha ou gritando que nem uma louca, como todo mundo se referia a ela pelas costas: a maluca. motivo ela tinha porque achava que eu nunca largaria suas tetas, mesmo já *grandinho; e tudo aquilo que aconteceu desde o parto fez com que a gente se apegasse um ao outro de um jeito que o leite que saía sem parar de dentro de mamãe fosse como um veneno para ela e uma droga pra mim: quanto mais eu sugava, mais envenenava ela; dava pra ver embaixo dos olhos as bolsas roxas crescendo como se eu fosse capaz de sugar toda a energia dela até que mamãe virasse um espantalho; pele e osso; o cabelo seco e opaco como palha de milho.*

putaqueopariu; não é fácil.

me lembro bem da primeira vez que ela sumiu sem explicações. meu pai me disse que ela de vez em quando precisava descansar num lugar pra pessoas doentes dos nervos. hoje entendo que ele falava aquilo não pra mim, porque ele nunca teve certeza de que eu entendia alguma coisa, mas pra convencer a si mesmo. nessa época, como eu já tinha passado muito da idade de desmamar e de começar a andar e falar, papai achava que talvez a tristeza e a doença de mamãe estivessem me contaminando, porque eu não evoluía como as crianças normais da minha idade. me olhava como alguém que nasceu com defeito, como um brinquedo quebrado e sem conserto. foi a partir dessa ideia que ele começou a tirar conclusões que só existiam na cabeça dele e inventou os testes que duraram anos, mas que por toda a vida fingiu não ter feito nada demais comigo. talvez ele quisesse mesmo tentar esquecer tudo de verdade, mas nunca iria conseguir: por causa dos detalhes. esquecer como os testes perversos e os jogos mentais que fez sem que eu tivesse nenhuma capacidade de me defender? filhodaputa.

depois da mudança pra terra luminosa as coisas aliviaram um pouco, principalmente quando mamãe engravidou de novo. e lá vieram meus irmãozinhos; um atrás do outro. eles choravam, choravam muito; e depois que aprenderam a andar, começaram a correr e a escalar tudo e a quebrar coisas; e, com tantos movimentos pela casa que não existiam antes, eu ficava sempre nervoso e agitado e com medo de ter mais uma das minhas crises de tremer o corpo todo e gritar que só com o tempo fui aprendendo a controlar. mamãe parecia ainda mais perdida do que eu e, mesmo com a ajuda de empregadas e de uma babá que faziam todo o trabalho da casa, ficava muitas vezes parada e silenciosa, o dia inteiro pensando provavelmente em coisas como onde tinha se metido, o que havia feito da sua vida e qual era o sentido de parir e criar quatro filhos naquele fim de mundo que ela tanto odiava.

eu me identificava muito com ela porque nossa ligação tinha sido feita a partir de um homem que não entendia a gente. eu era o único que entendia mamãe: não era difícil; bastava prestar atenção àquele olhar vazio, duas bolas de plástico sem brilho ou vida como olhos de boneca, que não sabia muito bem qual era o seu papel no mundo. quando isso acontecia, putamerda, era certeza que ela desapareceria mais uma vez pra fazer seus tratamentos misteriosos. uma pobre mulher doente dos nervos, como papai injustamente se referia a ela: uma coitada incapaz de cuidar dos próprios filhos, ele vivia repetindo.

era porque eu sentia muita falta dela, mas também porque não queria ficar sozinho com papai nunca mais, que eu saía da casa e ficava longe o maior tempo possível. foi a partir daí que comecei a explorar aquele lugar e me descobri bom em criar caminhos novos e usar o sol como guia; aprendi também a me esconder, a me camuflar como uma criatura da mata; e mais do que outra coisa qualquer, foi a partir disso que eu encontrei a clareira.

nisso, passaram os anos e mamãe nunca mais voltou e papai começou a me tratar melhor; com a chegada da velhice, um homem rude e impaciente fica mole. não tão descontrolado quanto antes, eu também mudei; e, assim, fui sua única companhia num tempo em que todos os meus irmãos tinham saído de casa pra continuar o legado da família e só tinha sobrado eu. nesse tempo, tivemos uma relação um pouco mais do que cordial: passamos a comer lado a lado na mesa; a escutar os programas de rádio; e depois, a ver tevê *juntos, quando muitas vezes, depois de pegar no sono no sofá, de manhã a gente acordava com o som dos passarinhos.*

um dia, tudo mudou quando me pediu para servir sua sagrada aguardente de fim de tarde: sentava na varanda do palacete da fazenda e ficava calado, observando do alto da terra luminosa, o céu todo respingado de vermelho. pra ele, aquele momento significava uma coisa só: uma prova atrasada de confiança e afeto,

Ainda era cedo quando Emílio saiu de um dos quartos da cabana. Sara estava na sala, de pé, ao lado de uma janela aberta; o olhar distante para fora. Fumava um cigarro e soprava a fumaça para longe, como se isso fosse capaz de evitar que o fedor da nicotina se misturasse ao cheiro de umidade das roupas e mochilas encharcadas pela chuva e a outro aroma enjoativo que também marcava presença no ar. Sara tinha parado de fumar havia anos, mas, assim como Emílio, tinha suas recaídas.

Tem um castelo aqui...

O quê?

Um castelo. Parece pequeno, mas ainda assim é um castelo. Lá em cima...

E apontou a direção com o dedo para fora da janela. Emílio se posicionou atrás dela e não viu nada que não fosse uma névoa luminosa que estourava com força no rosto dos dois e, consequentemente, ali dentro da cabana.

Não consigo ver nada...

A neblina está atrapalhando. Mais cedo deu pra ver bem.

Emílio se afastou de novo da amiga; seu tom de voz transparecia um esgotamento, e mais: ela cheirava mal, pois continuava com as mesmas roupas de quando chegaram.

Sara, você conseguiu dormir alguma coisa?

Ela virou a cabeça pela primeira vez e, com alguma censura, observou Emílio de cima a baixo: banho tomado, penteado e vestido com roupas limpas e secas.

Dormir depois de tudo o que aconteceu? Você não ouviu toda a madrugada a música, aqueles barulhos estranhos, os choros ou o que quer que fosse aquilo?

Emílio balançou a cabeça em negativa. Esgotado, não demorou muito até o ruído branco da chuva fazê-lo pegar no sono; dormira mal, mas ainda assim conseguiu descansar um pouco. Percebendo a dificuldade do diálogo, resolveu ignorar aquele prelúdio de conflito porque queria evitar uma conversa franca sobre o que lhes havia acontecido e o que fariam a partir do momento que fossem embora dali. Sem muita demora, girou o corpo e se posicionou em direção à porta.

Vou checar a situação do nosso carro. Talvez aquele furgão que a gente viu ontem estacionado do lado de fora possa ajudar a rebocá-lo da estrada…

Antes de ir deu uma boa olhada na amiga, que, em silêncio, havia fixado de novo o olhar na direção da janela. Saiu e sentiu um alívio muito grande ao constatar que não chovia mais. Olhou ao redor tentando se localizar e caminhou devagar. O dia era de nuvens brancas chapadas num clarão sem sol acompanhadas de um vento frio cortante e de uma névoa espessa que serpenteava na direção das encostas e dos topos de montanha. À primeira vista notou que as cabanas eram todas de madeira, assim como as construções de grande porte como celeiros ou galpões, um moinho e o que pareciam ser torres de vigilância, mais próximas às cercas. Notou que a estrutura da colônia era bastante harmônica e planejada, muito diferente da barafunda urbanística das províncias que formavam a região da Terra Luminosa, cuja linha férrea construída à época das grandes safras, e que cruzava todo o seu território, parecia provocar uma divisão geográfica e social bastante evidente. No centro de tudo, encontravam-se os espaços comunitários como os comércios, a prefeitura, o cartório, a praça, os templos religiosos e os sobrados dos profissionais liberais. À direita e espalhando-se por toda a parte alta do vale, os casarões dos primeiros donos das terras e suas grandes fazendas e plantações, além dos ranchos dos novos-ricos e poderosos, os que conseguiram galgar seu espaço sobretudo à custa do ouro. À esquerda, muito além da linha férrea e num diagrama obscuro que traçava caminhos em meio à mata até os costões da montanha, na parte baixa do vale, uma população nativa e mestiça que continuava a viver na simplicidade e na pobreza e que era pautada desde os tempos remotos pelas cheias do rio para atravessar o vale e trabalhar; primeiro nas lavouras e no garimpo e, depois, em empregos que exigissem pouca ou nenhuma qualificação. Aquela colônia, entretanto, era diferente de tudo ali; exatamente como Dirceu lhe havia dito.

Um pouco perdido, pensando na sua situação e no que faria dali para a frente, Emílio seguiu andando por cópias idênticas de alamedas ladeadas por pequenas árvores, jardins milimetricamente aparados e cercas vivas até que, ao dobrar uma esquina, pareceu sair de um labirinto e se surpreendeu com a imagem dos vastos campos de flores brancas que tomavam conta de grande parte do vale. Naquele instante se deu conta de que era dali que exalava o cheiro forte adocicado que impregnava o ar naquela manhã; e, semicerrando os olhos, em meio a uma bruma distante para além das casas da colônia e acima da brancura das flores que lhe desbotava a visão, em um pequeno elevado, percebeu uma única construção destoante do resto; uma que lhe chamou muito a atenção e que confirmava o que Sara lhe havia dito instantes antes e que ele não levara em consideração: um pequeno castelo de estilo medieval, feito em pedra, em tudo diferente de qualquer coisa que haviam visto durante sua estada na Terra Luminosa.

Balançou a cabeça em reprovação a si mesmo por haver ignorado Sara, e só então visualizou o portão frontal da colônia. Olhou ao redor com atenção e não percebeu nada de intimidador ou anormal; pensou naquela figura sombria da noite anterior apenas como um velho guarda-noturno fazendo seu trabalho num dia de chuva e que, talvez, Sara e ele tivessem se impressionado demais por tudo o que haviam passado momentos antes. Como não havia ninguém por perto e o portão estava aberto, Emílio saiu dos limites da colônia e teve uma grande surpresa: seu carro estava ali, sozinho, no mesmo espaço lateral onde na noite anterior se encontrava o furgão branco. Certificou-se novamente de que estava de fato sozinho e, então, decidiu caminhar até a frente do veículo e checar mais uma vez a batida. Além do para-brisa craquelado e um pouco afundado, o para-choque e o capô estavam muito amassados; por sorte a batida não havia quebrado os faróis. Depois se agachou ainda mais até deitar para olhar com mais atenção por baixo do carro.

— Bom dia...

Uma voz grave e anasalada seguida de uma tosse fez com que Emílio se assustasse e batesse a cabeça no para-choque quando já se preparava para sair. Olhou para cima e viu um jovem magricela que usava um macacão de brim, botas de trabalho e camiseta branca. Tinha os olhos claros e os cabelos loiros, compridos, presos com displicência em um rabo de cavalo. Era bem branco, o que evidenciava o nariz e as faces altas um pouco avermelhadas, vítimas de uma acne agressiva; dava para ver a pele esburacada em meio a uns fiapos dispersos que formavam um bigode ralo e que pareciam muito com cabelo de milho.

Me desculpe, eu não quis assustar você. Estou um pouco resfriado...

Depois ofereceu a mão direita firme para que Emílio se levantasse, e ficaram frente a frente.

Tudo bem. Obrigado por rebocarem o nosso carro.

Não foi nada. O cabo de aço do jipe ajudou. O que aconteceu?

Batemos em algum animal grande ontem à noite na estrada. Com a chuva que estava caindo, não conseguimos ver nada.

Fazia tempo que não chovia desse jeito aqui, mas não é incomum os animais fugirem da mata para se proteger de deslizamentos ou mesmo dos raios. Sendo bem honesto, vocês deram muita sorte de terem chegado até a nossa colônia sem que nada houvesse acontecido. Com esse volume de água, as encostas sempre ficam muito fragilizadas e as coisas poderiam ter ficado feias.

Ao ouvir aquilo, Emílio refletiu que tivera o mesmo raciocínio e que sua intuição, no fim, não estava de todo equivocada. Tentava se convencer de que o que acontecera havia sido uma fatalidade, um golpe de azar; afinal, nada tivera a ver com a bebida.

Onde está a minha educação? Me desculpe. Meu nome é João Lucas. Sou um dos floricultores locais...

Eu me chamo Emílio...

O que te traz aqui, Emílio?

Minha amiga Sara e eu pertencemos a uma instituição ligada a uma universidade da capital para a qual fazemos pesquisas de campo sobre a diversidade de comunidades fora dos grandes centros.

Desde que havia acordado, Emílio pensava em uma maneira de seguir adiante com aquela falácia que se iniciara na conversa com o vigia noturno. João Lucas deu um sutil assovio como demonstração de surpresa.

Sociólogos?

Historiadores.

E estão interessados mais em nossa colônia do que nos clubes de caça dos meus irmãos?

Quando ouviu aquilo Emílio teve um estalo: aquele jovem pertencia à família Salvador. E lembrou que todos eles tinham o prenome do pai, João; o que os diferenciava era o segundo nome: Mateus, Marcos e Lucas.

Já se fez muita reportagem e muito estudo teórico sobre o tema da liberação de armas para a caça e os novos clubes...

Cá entre nós, que bagunça se tornou a Terra Luminosa depois que eles inauguraram o primeiro empreendimento aqui. Nunca se viu tanta gente na nossa região desde a febre do ouro...

Então você é o filho mais novo da família Salvador...

Sim, sou o filho temporão que não gosta dos holofotes como os meus irmãos; um bicho do mato. Meu negócio e minha paixão é o cultivo das nossas flores, nossos estudos botânicos, a química da natureza...

Disse aquilo e fez um gesto com as mãos para si mesmo, evidenciando suas vestimentas de trabalhador rural. Nesse momento, Emílio viu um jovem como outro qualquer falando de sua atividade, mas também pensou na enorme exposição e poder que aquela família agregara nas últimas décadas, saindo das sombras de um lugar como aquele e tornando-se um fenômeno.

E quanto a seu pai? Já faz muitos anos que não se ouve falar do nome dele depois que saiu definitivamente da vida pública...

Papai se aposentou de vez. Teve um probleminha de saúde que o deixou numa cadeira de rodas e passou o bastão aos meus irmãos. Mas está bem; o velho é uma máquina. Continua a viver na Fazenda Salvador. Você deve ter passado por ela no caminho:

um palacete azul e branco com um jardim enorme, uma fonte e umas estátuas meio cafonas em frente...

Enquanto falava, João Lucas se posicionou em frente ao carro e começou a vistoriá-lo por conta própria, encerrando de pronto o assunto anterior.

Que animal você disse mesmo que atropelaram?

Eu não disse...

Ah, não?

Emílio o espreitou de cima a baixo, mas João Lucas desviou o olhar outra vez para o carro.

Deve ter sido um bicho bem grande pra ter feito todo esse estrago na lataria e danificado o motor. Deixe ver se adivinho: preto, grande, forte e pesado. Acertei?

Nessa hora, Emílio sentiu as pernas bambearem e o corpo fraquejar, mas antes que pudesse hesitar em alguma resposta mal elaborada, João Lucas riu, o que amenizou a tensão.

Não leve a sério. Estou brincando. Chino me contou o que aconteceu a vocês...

Suponho que Chino seja o segurança.

Bem, ele é um pouco mais do que isso.

Ele estava armado com uma escopeta e acompanhado de um dobermann assustador...

O Albino é bonzinho. Um doce de cachorro. Como é albino, as pessoas têm medo dele. Todos os que são diferentes passam por isso.

Ele também usava uma máscara de visão noturna...

João Lucas balançou a cabeça em reprovação e titubeou um pouco antes de seguir.

Chino está aqui na Terra Luminosa há muito tempo. Desde o último ciclo do ouro. É um caçador experiente, da velha guarda, e não sei por que aprendeu a gostar desse tipo novo de equipamento que, para mim, extrapola a ética da caça noturna.

Então ele estava caçando?

Ele só estava cumprindo sua obrigação. Como vocês apareceram sem avisar e não costumamos receber visitantes, muito menos tarde da noite, ele ficou de olho. De qualquer forma, peço desculpas pela recepção, mas a verdade é que iam ficar ainda mais assustados se conseguissem ver a cara daquele caboclo, meio índio, meio chinês.

Riu sozinho bufando pelo nariz e depois continuou:

Agora, vamos olhar logo esse motor. Trouxe a chave do carro?

Emílio fez que sim com a cabeça e, com o controle em mãos, apertou um botão que fez um ruído seco e abriu o veículo. Em seguida entrou no jipe e acionou o mecanismo de abertura do capô, que João Lucas conseguiu levantar em um tranco, fazendo com que perdessem momentaneamente o contato visual. Pediu que Emílio ficasse ao volante e desse a partida quando fosse avisado. Subiram o tom de voz para continuar a conversa.

Chino conhece a região como ninguém e me disse que tem quase certeza de que vocês atropelaram um javali ou talvez um *javaporco*...

Javaporco?

É um híbrido do javali selvagem com o porco doméstico. Só quem mora em áreas assim conhece, porque tanto os javalis como os *javaporcos* são uma praga. Só um animal desses para ter amassado seu carro desse jeito. É incrível como eles conseguem dar saltos bem altos apesar do peso...

Naquele instante, sem conseguir se controlar, Emílio pensou no homem que havia atropelado. Logo, sentiu a boca seca, a língua trêmula. Quando isso acontecia, já sabia o que significava: precisava de um gole. Tentou ficar calado, mordiscava os lábios, o que diminuía a oscilação da ansiedade pela bebida.

Nunca estão satisfeitos com o lugar onde devem viver, com o que têm, e não conseguem sobreviver sozinhos sem invadir propriedades como a nossa e roubar nossa comida. Quando aparecem, você tem absoluta certeza de que são eles. Chafurdam, comem, cagam, guincham e procriam. São as únicas coisas que sabem fazer. O nosso problema é que a natureza deu a eles um físico privilegiado, muita força, e isso acaba trazendo muitas dificuldades no momento de colocar esses animais no lugar deles. Por isso é importante mantê-los sempre a uma distância segura, longe de nós...

Emílio pensou naquele corpo estirado, com seus músculos e sua pestilência...

A verdade é que essas criaturas nunca deveriam ter sido trazidas para o nosso país, mas os que os trouxeram ficaram satisfeitos porque no começo eles davam lucro e, quando isso acontece, muita coisa é relevada. Na época até deram conta do controle adequado, porque foram feitos muitos criadouros e, com todos eles juntos, o monitoramento acabou sendo mais eficiente. Mas um dia os bichos se multiplicaram, começaram a se rebelar e a fugir. Uma hora a coisa degringolou e eles passaram a fornicar e procriar com os que viviam aqui. Hoje estão em toda parte...

... nos olhos esturricados e totalmente obscurecidos...

Aqui na Terra Luminosa temos uma história muito bizarra: quem trouxe esses javalis para cá foi um velho garimpeiro que havia achado algum ouro e comprado umas terras na encosta dessas montanhas. Passou a criar os bichos. Carne exótica; de caça. Tinha lá seus clientes: grã-finos da capital e fazendeiros abastados. Mas, com o passar do tempo, ele acabou perdendo completamente o controle e os bichos se rebelaram. Alguns fugiram, foram viver na mata, mas uma hora começaram a sentir fome e, claro, invadiram nossa colônia para buscar alimentos...

... nos cortes profundos dos pulsos e nos tornozelos em carne viva, e também no grande queloide do crânio raspado...

Lideranças da colônia na época decidiram ir conversar com o sujeito sobre o prejuízo, mas foram imediatamente escorraçados por um grupo de capangas armados. Todos sabiam que se tratava de um homem muito violento e não era bom negócio se meter com ele. E assim ele foi levando seu criadouro até um dia em que houve uma grande praga. Centenas dos bichos morreram. Sem dinheiro, os funcionários do seu rancho aos poucos foram embora. A verdade é que ninguém gostava dele e o velho já estava cheio de dívidas. Um dia ele não aguentou…

… nas calosidades monstruosas como enxertos de carne presentes nas mãos, nos joelhos e pés.

Pode dar a partida agora!

Quando João Lucas interrompeu sua história e voltou à realidade da situação, Emílio pareceu despertar e logo girou a ignição; uma, duas, três vezes. O motor se engasgava, não arrancava e não dava sinais de que iria. Parecia ainda pior do que na noite anterior. Depois de um tempo, pediu para Emílio parar e voltou a mexer.

O que aconteceu?

Não sei. Acho que pode ser algo nos bicos injetores ou, quem sabe, na parte elétrica…

Não. O que aconteceu ao criador dos porcos?

Ah, sim. Ele estourou os miolos. O problema é que ninguém ficou sabendo o que tinha acontecido. Umas semanas depois, os malditos voltaram e fizeram mais estragos em nossas plantações. Depois disso, formaram mais um grupo e foram até lá para resolver aquilo de uma vez por todas. Daí encontraram o velho. Ou o que restou dele…

Como assim?

Bem, os porcos que sobraram comeram ele inteiro e só deixaram os ossos e a carcaça.

Quando terminou de contar, João Lucas fechou o capô com

alguma suavidade e caminhou até a lateral do carro. Emílio abriu a porta e desceu. Ficaram de novo frente a frente.

A batida desconjuntou todo o motor. Está tudo meio torto, as peças um pouco soltas. Tentei encaixá-las, mas acho que precisaremos de alguém mais qualificado do que eu.

Existe algum mecânico que possa consertar isso por aqui?

Na verdade, não. Talvez o Chino possa dar uma olhada. Ele entende de carros melhor do que eu, mas mecânico mesmo só descendo a serra. Aqui a gente não usa maquinário. Todas as nossas atividades são manuais, mas temos o furgão e, quando quiserem ir, podemos levar vocês de volta ao hotel. Depois que rebocaram o carro de vocês, eles saíram de novo para fazer uma entrega na Terra Luminosa, mas logo devem estar de volta.

Emílio agradeceu e fez que sim com a cabeça, mas naquele exato momento já não tinha certeza de que queria ir. Achava que tinha o compromisso ético e profissional de ao menos checar as suspeitas de Dirceu.

Vamos, eu te acompanho até a cabana onde estão hospedados.

Obrigado, vocês foram muito generosos...

Peço desculpas pela falta de uma estrutura melhor, mas a colônia não é um espaço para visitação ou turismo da Terra Luminosa...

À medida que se aproximavam da cabana, puderam ver Sara sentada em um degrau de madeira em frente à porta. Emílio reparou que ela estava de banho tomado e usava roupas limpas, o que o deixou aliviado. O radiotransmissor que estava na cintura de João Lucas chiou e alguém chamou por ele, que gesticulou pedindo licença e se afastou um pouco para conversar.

Quem é esse?

João Lucas, o irmão mais novo da família Salvador...

A informação fez com que Sara despertasse um pouco de sua letargia.

Ele mora aqui?

Emílio assentiu com a cabeça ao mesmo tempo que João Lucas retornava.

Me desculpem. Nosso furgão acabou de regressar e tenho más notícias...

Explicou que alguns pontos de deslizamento haviam sido registrados na estrada da serra que levava à Terra Luminosa; que já estavam acostumados a isso e que quase sempre bastava enviar uma equipe para efetuar a limpeza dos galhos e da terra acumulada. Daquela vez, contudo, em um desses locais, a pista havia rachado e cedido, o que provocara a interdição integral da estrada.

Nosso furgão teve que voltar do meio do caminho. A polícia rodoviária e um engenheiro da prefeitura já estão lá, do outro lado da pista. A rachadura é grande e disseram que talvez demore alguns dias até que possam pelo menos criar um acesso provisório. Pra completar o caos, um raio atingiu a torre referência de telefonia e internet da Terra Luminosa. Por isso estamos sem nenhum sinal. Sobre isso não conseguimos mais informações, mas já aconteceu outras vezes e não deve demorar tanto para restabelecerem...

Ainda que desejasse seguir com sua apuração, a notícia da interdição da estrada afetou sobretudo Emílio. A sensação de aprisionamento o atordoou de imediato; Sara percebeu os primeiros tiques de nervosismo do amigo assim que ele começou a falar e sabia que aquilo significava o início de uma crise de ansiedade que ficaria ainda pior quando seu processo de abstinência da bebida começasse.

Eles falaram em quantos dias?

Não deram prazo. É tudo muito recente.

Não existe a possibilidade de conseguirmos passar pelo trecho interditado a pé por alguma trilha? Porque, se existe alguma maneira, podemos atravessar para o outro lado da estrada e pegar uma carona com os agentes da prefeitura.

Até onde eu soube, a rachadura é enorme e o terreno está instável. Existem muitas trilhas aqui, mas com esses deslizamentos seria uma irresponsabilidade nossa deixar que vocês tentassem isso. Aliás, nenhuma autoridade permitiria. No entanto, se vocês resolveram subir essa estrada horrível até aqui, àquela hora da noite, é porque tinham um bom motivo, não?

Com ambos calados, João Lucas continuou:

Caso concordem, tenho certeza de que podemos abrir uma exceção e, quem sabe, não se interessam em conhecer nosso modo de viver e um pouco da filosofia da colônia? Afinal vocês chegaram na nossa semana mais importante e hoje é o nosso dia mais especial...

Emílio e Sara se entreolharam com algum interesse que João Lucas logo percebeu.

E o que exatamente acontecerá hoje?

Vocês devem ter reparado que não tem ninguém circulando na vila, não é?! Isso acontece porque justamente hoje é a festa de comemoração do centenário do nosso fundador. Estão todos trabalhando pra lá dos canteiros, no nosso espaço de convivência, fazendo a decoração, preparando o banquete. Algumas das pessoas mais importantes da Terra Luminosa estão aqui. Pensem: qual a probabilidade de vocês ficarem ilhados aqui na colônia que queriam tanto conhecer logo num dia como esse?

/ PARTE 3
Colônia Lumiar

você parece um animal da mata; se movimenta com agilidade e, por conhecer bem o terreno, calcula com cuidado seus avanços depois de quase ser atropelado pela caminhonete. em pouco tempo consegue sair da estradinha lateral dos canteiros e se afastar em definitivo da colônia, com muito medo do que ainda pode encontrar pelo caminho; então, chega a um terreno alto próximo aos paredões rochosos da montanha e, mirando o horizonte à sua frente, percebe que a noite de súbito se multiplicou. ainda assim, pode ver um rastro de sol se movendo para o oeste, para além da escuridão que se abateu sobre aquela terra, como se a centenas de quilômetros dali esse resquício de luz e de calor pudesse, ao menos por alguns instantes, trazer de volta ao mundo um traço qualquer de humanidade.

nesse momento, sob a cúpula das primeiras árvores, e um segundo antes de adentrar em definitivo no interior da natureza, você não consegue resistir e olha para trás: a vermelhidão do fogo se alastra como um sopro infernal e transforma o retrato perfeito da colônia lumiar, com suas construções harmônicas e seus grandiosos canteiros, que um dia parecera aos olhos de todos um feito algo extraordinário, em farelos escuros, uma fuligem tóxica que voa com a brisa e toma conta do ar como se fossem flocos de neve; mas não a que vem do céu ou mesmo de deus, mas sim da terra e do homem.

ali de pé, sem que você queira, as memórias reaparecem e é como se o tempo se revelasse um inimigo íntimo: quanto mais se envelhece, mais o passado remoto se faz presente aos pensamentos. você não consegue perceber isso direito, pois o tempo na terra luminosa parece ter sido criado em outra fôrma e ter outra rotação; nem se lembra mais a última vez que viu o próprio reflexo de seu rosto em um espelho. quem imaginaria que chegaria tão longe? alguns te davam o tempo de vida de um cão.

há uns tantos anos, quando chegaram àquelas terras, ainda que quisesse acreditar nas palavras veementes de seu pai, de que ali seria um lugar ideal para que sua mãe e você se curassem, durante toda a sua infância e adolescência você sempre desconfiou de que havia um propósito maior que o levara a nunca mais querer sair do fim de mundo onde se enfiaram. embora ninguém o levasse a sério ou soubesse minimamente o que se passava na sua cabeça, você tinha razão; e quando enfim descobriu as motivações por trás daquilo, pôde compreender tudo.

durante a vida toda as pessoas temeram seu pai, mas a partir de certo momento você já não tinha esse sentimento. ele o abandonara cedo, e isso para você havia sido uma espécie de libertação: sua invisibilidade se transformara num recurso. isso te fez um expectador atento, e sempre que toda a sua família estava reunida, já com seus irmãos nascidos, sentada à mesa farta, após a oração, em silêncio ou quando os assuntos cotidianos vinham à tona, você só ficava olhando para ele, buscando algum detalhe; um olhar distante, um ferimento à vista, um sapato sujo, uma camisa amarfanhada ou manchada, porque você entendia que a resposta estaria ali, nos detalhes que aquele homem pragmático jamais deixaria passar.

seu pai sempre foi a pedra fundamental da família, sua força motriz; muito além de seu avô, que era um homem eficiente, mas bruto e sem retórica: era a partir dele que tudo giraria dali pra frente. quando o ouro se fez escasso e as colheitas já não iam bem havia tempos, foi seu pai que criou praticamente sozinho um novo ciclo para aquela terra arrasada por seus constantes altos e baixos; algo que começou como uma experiência de campo com pretensões científicas e filosóficas criada pelo maestro e que se tornou promissora e lucrativa com o passar do tempo.

dessa forma, ano após ano, você viu o legado de sua família crescer, se alastrar, se consolidar, ganhar afinidades e adeptos, e talvez por isso seu pai tenha desistido tão cedo de você, tenha sido tão rígido com seus irmãos e dedicado tantos anos de sua vida a esse projeto criado ali, longe de tudo, naquele rincão do país, onde foi plantada a semente do que a sua família representa hoje para inúmeras outras.

ainda que você não tenha uma noção precisa do tempo, já se passaram quase cinquenta anos do início de tudo. você é um homem adulto de meia-idade e o seu pai agora está velho: só sobraram vocês dois na fazenda. ele anda de cadeira de rodas há algum tempo e você foi o incumbido da missão de acompanhá-lo, já que seu pai nunca admitiu a presença de enfermeiras, única opção ofertada por seus irmãos. mesmo debilitado, seu pai continua sendo um homem severo, que manda nos outros como respira, que cospe e resmunga, e que continua a carregar todos os dias seu calibre 44 na cintura, antigo amuleto contra os inimigos e uma das inúmeras armas de sua coleção.

você o compreende melhor que ninguém, sempre compreendeu: sabe que seu pai carrega dentro de si a desconfiança e o instinto de sobrevivência desde muito cedo e foi isso que o fez chegar *aonde chegou. vez ou outra ele te olha do mesmo jeito de quando você era criança: de alguma forma ainda acredita ou desconfia que você compreende algo. quando te observa às vezes por horas a fio a encarar o infinito do céu ou da natureza, ele pensa em tudo o que fez a você; em tudo o que acreditava ser necessário fazer para que você se curasse; e uma dúvida atordoante o consome silenciosamente: até onde o seu filho primogênito poderia ter chegado caso não tivesse passado por tudo aquilo, durante todos aqueles anos?*

logo, uma forte explosão te joga ao chão e causa uma onda de calor que toma conta de tudo. a noite é reescrita: um furacão de fogo espalha centelhas escarlate por todo o espaço, que, por alguns instantes, transformam o rescaldo do horror em algo belo. você quer entrar na mata agora, mas o que o impede é um arrependimento que talvez não devesse ter: pensa por um segundo em seus irmãos e em seu pai; e ainda que a culpa o atormente, um fio de alívio se desembaraça ao ver tudo ruir e acabar daquela maneira; como se aquela colônia fosse uma reminiscência de civilização, uma tocha que iluminou apenas por um instante as trevas da humanidade e agora se esgota, consumindo a si própria,

Nos primeiros anos, era bastante comum que o chamassem de confuso, lerdo, restrito e pouco capaz. Depois, em algum momento, perdeu-se todo o pudor, cuidado e respeito e os nomes que usavam quando se dirigiam a ele, ainda que soassem como algo entre o escárnio e a brincadeira, passaram a ficar pouco a pouco mais cruéis: de bobão, lesado e palerma para miolo mole, retardado, débil mental e até mesmo mongoloide.

Por toda a vida ele foi considerado um idiota; e todos que o conheciam pensavam que uma pessoa com suas características intelectuais limitadas, que agia e fazia as coisas de um jeito todo peculiar e que, por esse motivo, tivera tantas alcunhas humilhantes ao longo do tempo, jamais seria capaz de compreender algo, de se expressar, de se relacionar com alguém ou de sentir qualquer coisa. Ignoravam sua capacidade de percepção da vida, o que era aceitável, posto que ele não falava e, na maioria das vezes, ou ficava quieto olhando fixo para um lugar indefinido sem sair daquilo durante horas ou, se estimulado, se punha a grunhir e gritar e a agredir os outros ou a si próprio.

A verdade, entretanto, é que seu fardo começou antes mesmo de nascer: por ser um bebê grande demais para caber na barriga daquela mulher minúscula e frágil que tentava duplicar a vida dando em troca meses de sofrimento, ele quase provocara involuntariamente a morte da própria mãe. Na época, ao perceber que o bebê estava atravessado e que havia pouca dilatação da paciente, o médico, em comum acordo com o pai e antes da possibilidade de realização de uma cesariana de emergência, decidiu fazer uma última tentativa de parto normal usando o fórceps para retirar a criança do útero. E foi dessa forma, ao invadir aquele corpo em seu estado mais puro com uma peça metálica, fria e grosseira, que aconteceu o milagre; e, ao mesmo tempo, a grave hemorragia que por pouco não o tornou órfão antes mesmo de vir ao mundo.

O parto traumático fez com que desde o início a criança fosse superprotegida e tivesse todo tipo de privilégio, o que em alguma altura tornou mãe e filho reféns um do outro: o bebê chorava o dia todo por querer permanecer o máximo de tempo grudado àqueles seios inchados e férteis, alimentando-se do leite materno com tamanha sofreguidão que chegava a sufocar. Era uma espécie de ligação doentia, como se fossem siameses que dependessem fisiologicamente um do outro para sempre. Com o passar dos meses, uma sensação avassaladora de esgotamento se apoderou da mãe; como se, ao sugar seu leite, o bebê também sugasse toda a sua energia e, à medida que crescia e ganhava peso, a fizesse afundar dia após dia em um terreno movediço que aos poucos a enterrava viva.

Nos dias que antecederam seu aniversário de dois anos, algo se quebrou na relação: seus pais decidiram não fazer nenhuma festa porque, enorme de gorda, a criança até aquele momento não havia aprendido a andar. Não conseguia dar dois passos consecutivos que logo caía e, sem ajuda, ficava horas esparramada no chão, agitando os braços e as pernas de forma patética como uma barata tonta, sem levantar-se. Para os pais, essa inabilidade física do filho aos poucos se transmutava de preocupação para sentimentos horríveis, como vergonha e piedade.

Para tentar solucionar o problema, compraram-lhe os melhores andadores, mas a criança mal cabia neles e com frequência os destruía em duas ou três sentadas. A partir daí passaram a acreditar que de fato havia algo de errado e resolveram recorrer a diversos especialistas, quando foram feitos exames mais específicos, além de raios X das pernas e da cabeça. Alguns médicos elaboraram suposições e teorias, ainda que sem grandes convicções: primeiro, que o uso do fórceps na cabeça do bebê poderia ter esmagado parte de sua massa encefálica; depois cogitaram esclerose lateral amiotrófica, epilepsia e até vermes no cérebro, que impediriam seu desenvolvimento físico e intelectual.

Nada disso, porém, foi diagnosticado e, ainda que tomasse medicações psiquiátricas de todo tipo que nem mesmo os pais sabiam para que serviam, durante todo esse tempo a criança permaneceu a mesma. Não se alimentava com nada além do leite materno. Com os peitos em carne viva e as costas arqueadas por nós musculares que lhe traziam dores implacáveis, ela colapsava isolada: cada vez mais sombria, passou a rezar escondida com toda a sua fé já abalada para que seu leite secasse ou azedasse. Com a ajuda de conhecidas que já haviam feito abortos clandestinos e trabalhos espirituais, chegou a consultar uma velha senhora sobre chás ou oferendas sinistras que fizessem seu leite empedrar, mas logo se arrependeu; e se martirizou durante semanas num pranto solitário quando, pela primeira vez, passou a arranhar partes do próprio corpo invisíveis às pessoas e cuja dor dava um alívio apenas imediato de sua culpa.

À parte a amamentação, ela também não aguentava mais a imobilidade e a apatia daquela criança. Pensava que, talvez ainda pior do que não largar o peito e não andar, fosse o fato de ele não falar nada que parecesse uma construção silábica. Nunca a chamou de mamãe, tampouco o marido de papai; não havia também nenhum som, nenhum ruído que se parecesse com palavras, e muito menos risos ou alguma graça. Ou a criança era um poço de silêncio profundo ou uma máquina de grunhidos ininteligíveis e choros desgovernados. A vida dela era uma infelicidade a conta-gotas, cujo veneno eram as horas e os dias.

Tudo isso fazia com que o pai, muito ausente devido ao trabalho de que se encarregava naquela época e que lhe consumia dias, noites e até madrugadas inteiras, encontrasse quase sempre a mulher em tamanho estado de nervos que só conseguia acalmá-la com os comprimidos que um amigo médico passou a receitar. Era só depois de ela adormecer em estado profundo que ele conseguia ter paz para refletir sobre o assunto: deitado na escuridão de seu quarto, insone e carregando dentro de si preocupações acumuladas, refletia aterrorizado que aquela criança poderia ter puxado a genética dela; uma mulher melancólica, desequilibrada e fraca, que mal conseguia cuidar da casa e do próprio filho; uma inútil, pensava com frequência.

Em muitas dessas madrugadas ia até o quarto do filho e o espreitava com atenção. Assim como os médicos, não conseguia enxergar nenhuma anormalidade naquela criança. Até que um dia teve uma iluminação: o filho não fazia nenhuma das coisas normais para sua idade apenas por capricho, teimosia ou falta de incentivo; por preguiça ou, talvez, maturou bem a ideia com o passar dos meses, por uma total falta de disciplina. Aquilo se fixara em sua mente com tamanha verdade que dia e noite, em casa ou no trabalho, não havia nada nem ninguém que o desviasse daquela ideia que ia e vinha, hipnotizando-o no embalo de sua obsessão.

Tempos depois começaram os primeiros testes. Era um final

de semana e, assim que acordou, ainda muito cedo, a criança deu de cara com aquele homem bem-vestido, de cabelos emplastrados de gel penteados para trás e bigode fino aparado. Instintivamente tinha consciência de que aquele era seu pai, mas como a relação entre eles sempre havia sido muito protocolar e distante devido às longas ausências causadas pelo excesso de trabalho, um alerta de desconfiança foi acionado.

Depois que seu pai o tirou do berço e o levou até a sala de estar, ficou sem saber o que fazer; procurava a mãe girando a cabeça, com os olhos úmidos, mas naquela altura da vida a criança não poderia sequer imaginar que ela desaparecera de uma hora para outra porque seu pai a havia internado pela primeira vez em um sanatório devido às suas crises cada vez piores e mais recorrentes. Dessa forma, sem ter onde depositar suas queixas e lágrimas, ficou um bom tempo sentado no chão, observando o pai em sua poltrona de couro marrom craquelada pelo tempo, com uma mamadeira cheia em mãos.

Com a ausência cada vez mais evidente de sua mãe e a fome crescente que o carcomia por dentro, em determinado momento resolveu arriscar-se. Primeiro atirou seu pequeno corpo ao chão, ajeitou braços e pernas e, logo, com movimentos lentos, mas progressivos, passou a engatinhar, ainda que de uma maneira desarticulada para a sua idade: rente ao chão, como um verme que rasteja. Após observar toda aquela movimentação que julgou patética, seu pai se irritou e, à medida que o filho se aproximava e olhava com sofreguidão na direção da mamadeira, ele se afastava e se sentava em outro lugar. A estratégia fez a criança chorar e espernear de maneira insuportável; algo que funcionava com a mãe, mas não com o pai. Ele tinha uma tática em seu repertório que trouxera para aquela situação: colocar discos de música clássica na vitrola com o volume altíssimo para abafar do mundo exterior qualquer ruído que surgisse de dentro da casa.

Depois que o filho esgotou todas as energias e, com a garganta em frangalhos enfim se calou, ele deixou a mamadeira em cima da mesa da cozinha e, devagarinho, se pôs a almoçar, mastigando e olhando fixo para aquela criança que o observava de volta com muita angústia e, sem forças para reagir, acabou por cochilar em vários períodos do dia.

E, assim, algo incrível se sucedeu. Passadas muitas horas desde que a experiência começara, e com excrementos saindo por todos os lados da fralda de pano, fraco, impotente e com apenas um fiapo de voz, um choro fino e velado como o de um cão maltratado, pela primeira vez ele ergueu as duas pernas e, se ancorando nas bordas de um sofá, deu um passo, depois outro e mais outro; então, enfim, começou a andar sozinho sob os olhares de orgulho explícito do pai, que havia passado a noite em claro sentado à espreita na poltrona. A exaustão e a fome, porém, eram tamanhas que antes de alcançar a mamadeira sua visão embaralhou, ele perdeu o equilíbrio e desmaiou no meio do caminho: a criança estava desidratada, com princípio de inanição e com assaduras gravíssimas nas nádegas, nas virilhas e no genital.

Ainda que não estivesse arrependido, porque de alguma forma havia alcançado seu propósito, o pai sabia que havia cruzado uma linha perigosa. Na sua cabeça, aquele primeiro teste de correção de comportamento, como ele começou a chamá-lo, se não fora exatamente um acerto, também estava longe de ser um erro; a finalidade justificava os meios com os quais os objetivos haviam sido conquistados e, portanto, o fato de o filho sair daquele fim de semana andando após dois anos de inércia provava que seus métodos estavam corretos.

Depois desse episódio, resolveu voltar ao seu lugar e ao seu trabalho, entregando o posto outra vez à mulher, que se recuperara e voltara para casa muito aliviada com as novidades. Ainda assim, fizeram nova bateria de testes, como os de surdez e mudez, mas os diagnósticos tampouco foram conclusivos; e, desse jeito, o menino cresceu em silêncio e durante algum tempo todos se conformaram com a situação. Aos cinco anos, porém, quando a criança passou a frequentar a escola, começou a acontecer de novo. Ao fazer algumas atividades propostas, ele foi visto muitas vezes usando a mão esquerda. Os professores, pressionados pelos pais porque sua fala e coordenação motora não progrediam, elaboraram um diagnóstico conveniente a partir dos parcos argumentos que possuíam à época: comunicaram que essa descoberta, o transtorno de lateralidade, provocava um cruzamento desordenado de informações no cérebro da criança e poderia ser um dos motivos do seu atraso intelectual e motor. Um dia, em comum acordo entre pais e escola, decidiram amarrar seu braço esquerdo com um aparato de couro e ferro, obrigando-o com isso a usar o direito.

A experiência de prender seu braço foi terrível: o fez perder gradativamente o equilíbrio emocional e sua referência no mundo. Nessa época ele começou a babar, a cuspir e a bater com os punhos cerrados contra si próprio e em quem mais se aproximasse dele; também passou a andar de um jeito enviesado, pendendo mais para um lado; a murmurar para si mesmo coisas incompreensíveis, como se estivesse possuído por algum corpo estranho. E, após todas essas reações imprevisíveis, passou a olhar para um ponto fixo qualquer de maneira assustadora, num estado hipnótico silencioso que provocava arrepios a todos que o acompanhavam. Essa espécie de catatonia foi a gota d'água.

A direção da escola não sabia mais o que fazer e tudo o que os professores queriam era se livrar o quanto antes daquele pária que atrapalhava todo o cotidiano da instituição. Um dia, sua mãe lhes fez este favor: invadiu a sala de aula onde o filho estava isolado num canto afastado das outras crianças e, segura de si como havia muito tempo não se sentia, desatarraxou de qualquer maneira as correias e fivelas que lhe prendiam o braço e, quando enfim conseguiu arrancar aquele aparelho frio e intimidador, atirou-o com todas as forças na direção do grupo de professores que só a observavam sem saber o que fazer. Em seguida, segurou o filho pela mão libertada e saiu dali para nunca mais voltar.

Após esse acontecimento, que fez com que ela tivesse outra de suas recaídas e fosse mais uma vez internada, o pai decidiu investigar por conta própria essa nova dificuldade do filho. À parte as questões neurológicas obscuras dos canhotos, descobriu que a história também colaborava para desqualificar essa condição: leu, entre outras coisas, que Eva, a pecadora original, além de nascer da costela esquerda de Adão, teria usado a mão esquerda para apanhar a maçã; que os povos primitivos do hemisfério Norte adoradores do Sol se deslocavam em peregrinações sempre à direita no sentido horário e, por isso, se desenvolveram, ao contrário de outros semelhantes, que iam na direção contrária; que na Grécia e em Roma, a mão direita era associada a tudo que era puro e bom, ao contrário da esquerda, que era símbolo de coisas sujas, profanas e más, o que decerto contribuíra para que no futuro os canhotos da Idade Média fossem queimados em praça pública como bruxas, alquimistas e adoradores de satã.

Também ouviu da boca de um pastor durante a celebração do culto a seguinte citação do Novo Testamento por Mateus 25, 31-41, que o deixou perplexo e ainda mais resoluto na sua missão:

Quando o Filho do Homem vier em sua glória, e todos os anjos com ele, então se assentará no trono de sua glória. E serão reunidas em sua presença todas as nações e ele separará os homens uns dos outros como o pastor separa as ovelhas dos bodes, e porá as ovelhas à sua direita e os bodes à sua esquerda. Então dirá o rei aos que estiverem à sua direita: "Vinde, benditos de meu Pai, recebei por herança o Reino preparado para vós desde a fundação do mundo. Pois tive fome e me destes de comer. Tive sede e me destes de beber. Era forasteiro e me acolhestes. Estive nu e me vestistes, doente e me visitastes, preso e viestes ver-me". Então os justos lhe responderão: "Senhor, quando foi que te vimos com fome e te alimentamos, com sede e te demos de beber? Quando foi que te vimos forasteiro e te recolhemos ou nu e te vestimos? Quando foi que te vimos doente ou preso e fomos te ver?". Ao que lhes responderá o rei: "Em verdade vos digo: cada vez que o fizestes a um desses meus irmãos mais pequeninos, a mim o fizestes". Em seguida, dirá aos que estiverem à sua esquerda: "Apartai-vos de mim, malditos, para o fogo eterno preparado para o diabo e para os seus anjos".

Depois, a descoberta da etimologia da palavra só dificultou seu entendimento das coisas: no latim, esquerdo é oriundo de *sinister* ou sinistro; no inglês, o significado de *left* compreende tanto esquerdo como lerdo ou inútil, enquanto *right* é o lado direito ou o correto; no italiano, pode significar desonesto ou duvidoso; no francês, tímido, incapaz ou canhestro; enquanto em alguns dialetos da África, odiado, e, em japonês, louco. Essas informações, que no campo neurológico ou psiquiátrico não tinham nenhuma importância e em nada ajudavam a compreender as dificuldades de seu filho, o faziam a cada dia olhar para aquela criança de uma maneira diferente e se questionar o que estava fazendo de errado para não conseguir corrigir seus defeitos.

Foi com essas ideias inflamadas pela frustração de ser progenitor de um filho que na melhor das hipóteses seria seu dependente pelo resto da vida, um filho eterno, que ele inventou mais uma bateria de testes. Primeiro colocou alguns doces em uma mesa em frente ao filho cada vez mais obeso e observou. Com os braços livres, a criança hesitava, mantendo os olhos em zigue-zague. Indeciso, na primeira vez usou a mão direita, mas assim que exterminou o primeiro doce, escolheu outro com a esquerda, o que acabou se tornando uma rotina. Irritado com a total falta de padrão do filho, em vez de repreendê-lo apenas com uma negativa de cabeça, como fazia no início, resolveu aplicar uma punição técnica: açoitá-lo com uma pequena vareta nas costas da mão esquerda a cada vez que a usava. Ao perceber que na pele branca e sensível de seu filho aquilo deixava marcas mais contundentes do que imaginava, resolveu parar. Um dia, embora não fosse de beber, pois seu ofício exigia muita concentração, disciplina e tomadas de decisões importantes, se deixou levar: depois de uns goles achou que tivera uma iluminação; abdicaria dos castigos e usaria o livre-arbítrio.

Pôs a ideia em prática ao misturar sobre a mesa da sala uma pimenta redonda, brilhante e vermelha a outras frutas pequenas da mesma cor. Ao observar que após comer algumas framboesas e pitangas o filho alcançava a pimenta com a mão esquerda, deixou-o seguir em frente, não sem antes sinalizar negativamente com a cabeça. Na sua lógica, fez o que se espera de um pai: apontou o erro e lhe deu a opção. Se ele tomasse a decisão errada, teria de arcar com as consequências. Aquilo lhe pareceu razoável; pensava que, caso amolecesse naquela fase, seu filho se acomodaria naquela situação para sempre porque era conveniente ser frágil e receber a atenção de todos o tempo todo. A criança, no entanto, não pareceu assimilar nada daquilo que seu pai racionalizava; levou a pimenta à boca de uma vez e a mordeu com tamanha ânsia que não demorou muito para que seu rosto se transfigurasse e ele gritasse de agonia, sufocado, com a ardência dominando toda a via respiratória e os olhos tornando-se, de uma hora para a outra, rubros e lacrimejantes.

Por alguns instantes o pai se permitiu ver a cena do sofrimento de seu filho: um animalzinho em estado bruto, sem discernimento, sem senso crítico, que necessitava muito de sua ajuda naquele período da vida para que pudesse evoluir. E foi só depois de um estalo inconsciente que o fez piscar os olhos repetidas vezes e chacoalhar a cabeça de um lado para o outro que ele pareceu despertar dessa zona cinzenta que o arrebatava em muitos momentos da vida. Então correu e abraçou seu filho com toda a força que conseguiu imprimir, carregou-o no colo, colocou-o embaixo do chuveiro e o fez beber bastante leite para cortar o efeito da ardência, ao mesmo tempo que pensava, entre o arrependimento e a dúvida, que tudo valeria a pena se o filho houvesse aprendido a lição. Isso o impactara de tal forma que, depois desse episódio, passou muito tempo sem que se envolvesse em qualquer decisão acerca da educação do filho. E também teve a ver com a decisão que tomou meses depois.

Vamos nos mudar. Fui transferido...

E vamos pra onde?

Para a Terra Luminosa.

Foi transferido ou pediu transferência?

E isso importa? Como sou da região, fui o primeiro nome da lista.

Mas por que isso agora? Você está tão bem aqui...

É um projeto importante. Destinado a poucas pessoas; as de extrema confiança...

O que é?

É confidencial.

Vou me mudar para um fim de mundo sem saber o porquê?

E desde quando tenho que te dar alguma satisfação do meu trabalho?

Seu pai está sabendo que você vai voltar? Faz anos que você saiu de lá...

Não. Mas ele vai gostar de conhecer o neto. Talvez isso até nos ajude na adaptação. Além do mais, tenho certeza de que a tranquilidade do lugar vai fazer bem a você e ao menino...

Será?

Nada pode ser pior do que foi aqui. Lá será perfeito. Tem

muita natureza e é calmo. Talvez ele consiga se desenvolver de uma maneira diferente. Além disso, eu conheço alguém muito especial que poderá ajudá-lo...

Outro médico?

Mais que isso. Prefiro não alimentar expectativas por enquanto...

Você ao menos vai conseguir estar mais presente?

Vou ser o chefe de toda a operação. Vou demandar mais, mas, sim, terei mais tempo.

E onde vamos viver? Num daqueles ranchos caindo aos pedaços como o do seu pai?

Fiz algumas exigências para aceitar o trabalho. Digamos que você terá todo o espaço que quiser para montar o jardim que sempre quis...

Semanas depois chegaram ao palacete vazio da fazenda que pertencera à família Campos e que tinha sido desapropriada pelo governo militar havia alguns anos após a sua derrocada política e econômica. Ali, muitas lembranças lhe escaparam do escafandro da memória e trouxeram à tona uma sensação de pertencimento que havia muito não sentia desde a decisão de ingressar na escola de cadetes na capital, onde se formou e fez carreira. Ao retornar, a ironia é que o terreno onde ficava o pequeno rancho em que vivera com o pai por quase toda a vida agora pertencia a ele, o filho.

Nos primeiros meses, não conseguiu cumprir o que prometera à mulher e passou muito tempo longe de casa ocupado com as novas instalações do trabalho. Na verdade, excedia o expediente para descansar um pouco da mulher e do filho, que, à sua maneira, começara a se relacionar com o avô e sobretudo com a natureza ao redor. Um dia, entretanto, quando a criança já tinha oito anos, de uma maneira intempestiva, ele outra vez voltou à carga. Isso aconteceu quando descobriu que o filho exibia talentos ocultos que o sobressaltaram.

Ele não havia se adaptado à escola local, não se relacionava com nenhuma outra criança e tampouco demonstrava qualquer habilidade; vivia em seu mundo, caminhando e emitindo sons e resmungos como se falasse com fantasmas. Um ser improdutivo, pensava o pai com pesar. Por isso, quando um dia o vigiou e descobriu aquela caixa de papelão que o filho escondia no casebre que servia para guardar as ferramentas da fazenda, primeiro se sentiu traído e, depois, assustado. Pensava como era possível que seu filho tivesse habilidades naturais para fazer aquilo e não coisas de fato importantes, como as que desprezava na escola e as que ele tentava ensinar-lhe em casa. Eram peças em madeira, pequenas esculturas feitas com o auxílio de uma faca de cozinha. Seu filho aparentemente era capaz de transformar qualquer pedaço inútil de madeira que apanhava da mata em um objeto impressionante: uma ave de rapina em posição de voo, um felino em movimento de caça, um anfíbio de olhos saltados, uma aranha de patas compridas; todos talhados à perfeição. Uma peça em especial, porém, lhe chamou ainda mais a atenção a ponto de lhe causar calafrios: a imagem esculpida de uma criatura indefinida, corpulenta e musculosa, cabeça deformada com caroços pontiagudos como chifres prestes a nascer e olhos inocentes; braços alados de anjo ou demônio?

Fixava-se na figura talhada em uma tora acobreada do carvalho centenário que ficava a poucos quilômetros da casa do pai e que ele conhecia tão bem, e flertou com a ideia de que o filho pudesse ser vítima de algum tipo de encosto ou praga; que talvez lhe tivessem lançado uma maldição quando nascera por um desejo de vingança contra ele. Sabia que era um homem em ascensão e, portanto, muito invejado; que havia tomado decisões difíceis e irreversíveis; que causara danos a tantos outros e fizera muitos inimigos a partir disso. Com essa confusão de sentimentos distintos e latentes dentro de si, deu um sumiço na caixa com as esculturas e a faca e refletiu que o melhor a fazer talvez fosse enfim levá-lo a uma sessão com o Maestro, algo já planejado desde a sua chegada, mas que havia adiado por ter enxergado progressos no filho.

Aquilo trouxe consequências: nos dias que se seguiram, a criança parou de comer e ficava parada por horas sem fazer coisa alguma, como se estivesse presa em uma gaiola invisível. Ninguém conseguia entender o motivo daquele comportamento repentino, a não ser os dois quando se encararam pela primeira vez após o sumiço da caixa. Aquilo o assustou de verdade; como era possível aquele menino defeituoso, que parecia viver em seu próprio mundo, compreender através de um olhar que havia sido ele a lhe tomar as peças?

E, assim, com a desconfiança de que o filho compreendia certas coisas e também para tentar fazer com que saísse daquela nova paralisia, um dia anunciou que iria lhe ensinar técnicas de defesa pessoal. Foi como uma nova iluminação: se o filho não conseguia desenvolver o intelecto, ao menos o faria na parte física; que aquilo lhe daria agilidade, concentração, foco e disciplina. Com esse discurso, tentou lhe ensinar alguns golpes marciais e a usar os braços para se defender dos seus ataques. Queria ver a reação do filho, o seu espanto; ou talvez somente tirar a prova de que não estava sendo feito de idiota durante todo aquele tempo, suposição que cada vez mais o assombrava.

De tanto praticar a repetição, seu filho até chegou a se interessar por alguns movimentos, mas não evoluía; era incapaz de memorizá-los e executá-los a partir do corpo torto e fraco. Um dia o pai surgiu com o elemento-surpresa: sorrateiro, pelas suas costas, o atacou com um golpe que parou a um centímetro do seu rosto e que decerto destruiria todos os seus ossos faciais caso lhe acertasse em cheio. Achava que dessa maneira poderia extrair uma reação primal do filho, como da primeira vez, quando foi obrigado a andar para comer e sobreviver; ou quando começou a emagrecer progressivamente após o episódio com a pimenta até que a obesidade nunca mais fosse um problema.

Como essa nova tentativa não tivera resultados práticos, tempos depois ele apareceu com o pequeno aparelho de choque elétrico cujo ferrão fazia seu filho gritar mais de pavor do que propriamente de dor; em suas pesquisas, os choques em baixa voltagem tinham a função terapêutica de provocar estímulos sensoriais que ajudavam a reabilitação física do paciente, a ter reações como qualquer pessoa normal. Entretanto, o tratamento não avançou porque a criança se cagava toda de medo. Aquilo foi a gota d'água: assumir que seu filho era mesmo uma criança malformada, uma aberração da natureza, o fez refletir sobre tudo o que havia feito para o bem dele; para que as pessoas não o chamassem por aqueles nomes horríveis pelas costas; para que não rissem mais dele; para que sua mulher não se sentisse ainda mais culpada e tivesse que ser internada de novo.

Foi nesse momento da vida que sua esposa anunciou que estava mais uma vez grávida. Ao abraçá-la como havia tempos não o fazia, não conseguiu segurar as lágrimas. Quando abriu os olhos úmidos, percebeu que o filho o encarava. De alguma forma ele sabia o que estava acontecendo e, naquele instante, um pacto silencioso e perverso se iniciou entre pai e filho. Com a notícia da gestação de um novo membro da família, uma ruptura estava prestes a acontecer. Tentativas haviam sido feitas e fracassaram: aquela criança, agora, teria direito a toda a tranquilidade que desejava, e esse passado obscuro seria relegado a um limbo ao qual só os dois teriam acesso e, para tanto, deveriam esquecer.

Isso foi acontecendo de uma maneira bem natural. Com o tempo, seu nome de batismo tornou-se uma vaga lembrança entre todos que conviveram com ele. De filho homem primogênito e futuro sucessor da família, tornou-se uma mancha, um erro, uma sombra; sobretudo depois do nascimento do primeiro de seus futuros irmãos, que parecia ter vindo à luz pleno e saudável como que para corrigir um equívoco da natureza ou mesmo de Deus.

Então, de um momento para o outro, João Salvador Filho desapareceu e passaram a chamá-lo apenas de *menino*, um apelido piedoso que surgiu e ficou, e que bem poderia servir a um cão. E foi isso que ele se tornou: um animal de estimação da família, que passava os dias pelos cantos e pelas sombras com seu andar torto e seu olhar desconfiado. Uma criatura ao mesmo tempo estranha e gentil, que muitas vezes os fazia rir e, em outras, os fazia sentir comiseração ou raiva: uma criança grande, um bobo, um pobre-diabo que tiveram que tolerar por toda a vida.

eu passava os dias à toa, zanzando pela fazenda; deitava no gramado no calorão das manhãs, caçava insetos nos jardins e depois ficava correndo atrás dos passarinhos e das galinhas que ciscavam pelo terreno. depois que cresci um pouco mais, fui explorando aos poucos a fazenda que era enorme e ninguém perguntava mais pra onde eu ia porque, além de ter mais três crianças menores pra cuidar, todo mundo sabia que eu estava sempre por perto, num canto qualquer, sem atrapalhar ninguém ou causar problemas; eu era como um dos cachorros da casa que vai mas sempre volta.

naquele tempo, pela primeira vez passei a sair dos limites do casarão da fazenda e da casa do vovô e me enfiava nas plantações de banana e seguia até ouvir o som do rio: demorou bastante até que eu fizesse isso, mas quando decidi pular as cercas da fazenda, pra mim tudo mudou. e assim, pouco a pouco, tive coragem pra me aproximar do rio luminoso de vez; esfregava os dedos nervosos dos meus pés na lama mole e úmida como se quisesse cavar um buraco bem fundo e me enfiar nele, porque eu morria de medo das histórias sobre o que tinha escondido naquelas águas; mais até do que dos *fantasmas que brotavam da terra com seus fachos azuis quando a noite tomava conta de tudo e das figuras sinistras que habitavam a minha cabeça desde que cheguei à terra luminosa e que eu via vagarem, mudas e sem direção, no meio de toda aquela natureza.*

putaqueopariu; não é fácil.

foi pra tentar descobrir alguma resposta sobre as coisas que aconteceram comigo, mas também pra entender que o mundo não era só aquilo e que do outro lado do rio e da montanha da terra luminosa havia muito mais, que eu comecei a seguir papai. depois do café da manhã, sempre de paletó, gravata e chapéu, bigode fino aparado, ele entrava todos os dias em sua caminhonete e seguia pro trabalho deixando por toda a estrada de terra um rastro de poeira e marcas de pneus. assim que ele saía, eu avançava um pouquinho todo dia por essa mesma estrada, sempre caminhando pelas margens pra que não me vissem, até que um dia dei de cara pela primeira vez com a ponte velha de madeira e ferro entrelaçado que fazia a travessia do rio. aquela era a única chance de eu atravessar e eu fiquei com tanto medo que demorei semanas ou meses; e, depois, já do outro lado, para não ser visto por papai ou por ninguém, fui criando um caminho novo no meio da mata que me levava até a subida do paredão de pedra em que um dia disseram que reluziu o ouro.

a primeira vez que eu estive lá tive que sair bem cedo, antes mesmo que papai pegasse a caminhonete. levei algumas horas seguindo os atalhos e os caminhos que por mais de um ano eu havia memorizado e finalmente cheguei àquela terra alta onde tinha um grande canteiro de obras: casas, cercas, celeiros e até um moinho; também vi mulheres e crianças e jardins; animais como cavalos, ovelhas e vacas; e também o campo de flores brancas tão iluminado pelo céu e pelo sol que parecia o paraíso de que o padre e depois o pastor tanto falavam.

eu não me lembrava de ter ido algum dia ali, mas na parte

alta do terreno tinha um castelo de pedra afastado que me deu um arrepio na espinha e ficou martelando a minha cabeça por semanas. era como se eu tivesse dentro de um sonho, desses que são tão reais que parecem memórias. o dia em que decidi ir até lá foi porque bateu uma inquietação muito forte dentro de mim, mas quando cheguei à parte de cima e circulei o terreno com os canteiros de flores, dei de cara com uma casa grande com dois homens fardados e armados em frente e de onde saía uma música que não demorei a entender que era a mesma que papai usava durante os testes que aplicava em mim. filhodaputa.

como tudo aquilo parecia estar calmo, com os guardas tranquilos debaixo de um recorte de sombra fumando cigarros, foi fácil dar a volta pelo matagal e me aproximar pelos fundos sem que fosse visto. e só então eu, que sempre pratiquei escutar através das paredes de casa, e com isso, soube muito mais coisas do que deveria saber, colei a orelha no concreto quente e no fundo da música, ouvi ruídos de conversas, choros e gritos; putamerda; mais que isso: ouvi também barulhos terríveis, sons que não pareciam pertencer a nenhum ser humano,

Caminhava sozinha após convencer Emílio a tomar o ansiolítico que ela consumia havia anos e dormir um pouco. Pensava na interdição da estrada e como isso o afetou, quando se perdeu. O diagrama labiríntico das casas, das ruas e dos corredores da colônia a confundia cada vez mais e parecia fazer com que, em vez de sair, ela adentrasse ainda mais seu interior. Resolveu, então, andar em linha reta e, quando deu por si, chegou ao vale, onde viu o impressionante campo de flores brancas que tomava conta de todo aquele excerto de horizonte. Olhou ao redor e, como não havia ninguém, sacou sua câmera fotográfica da mochila e disparou. Com a diminuição da névoa, encontrou outra vez o castelo bem ao longe na parte alta daquela paisagem; mudou a lente, aproximou a imagem e clicou.

Depois desceu o pequeno barranco que dividia a colônia dos canteiros, cuja altura era em média um metro e meio entre a base das plantas de folhagens verde-escuras e as longilíneas flores brancas de espádice amarelo. Devido à sua baixa estatura, tinha dificuldade em ver qualquer coisa que não fosse um mar branco e, então, resolveu cruzar aquele terreno e chegar a um outro ponto que a levasse às proximidades do castelo. Depois de algum tempo achou ter visto algo passar de relance entre as brechas formadas pelos corredores dos canteiros, mas pensou que a sensação poderia ser em decorrência da noite não dormida. Balançou a cabeça para afugentar o sono que parecia escorrer pelas raízes excitadas dos cabelos e, girando o corpo devagar, olhou com atenção para todos os lados. Como nada viu, seguiu em frente; entretanto, alguns minutos depois, de novo teve a mesma sensação, o que pôs seu estado de vigília em xeque. Parou mais uma vez, apurou o ouvido e escutou um estalo, como um galho pisoteado; ou um clique, como o do cão engatilhado da arma do vigia noturno.

Ao lembrar-se da noite anterior, identificou-se para quem quer que estivesse ali, mas não obteve resposta. Apressou o passo e andou tanto que uma hora perdeu de vista as casas da colônia e já não fazia ideia de onde estava. Quase no fim dos canteiros, contudo, quando já se aproximava de uma nova topografia, um vale mais baixo que guardava outras paisagens e histórias, voltou a ver uma movimentação. Foi aí que, abrindo espaço através das folhagens, surgiram as mãos de uma mulher jovem que logo se revelou: trajava um vestido de renda algo desbotado, carregava um cesto de flores e tinha os cabelos compridos loiros presos em um coque no topo da cabeça; era como se ela fizesse parte daquele recorte de natureza-morta.

Era você que estava me seguindo?

A mulher estranhou a imposição um pouco agressiva de Sara, mas respondeu com tranquilidade.

E por que eu seguiria você?

Tem alguém me seguindo desde que entrei nos canteiros...

Na verdade, eu estava apenas colhendo alguns copos-de-leite para a decoração da festa.

Copos-de-leite, claro. Eu estava tentando me lembrar do nome delas...

Zantedeschia aethiopica. É originária da África do Sul, mas foi um botânico alemão o primeiro a catalogá-la...

Sara a interrompeu, claudicante e um pouco envergonhada por aquele início de conversa ríspido.

Me desculpe por ter sido grosseira. Meu nome é Sara...

O meu é Rebeca. Imagino que você deva ser uma das pessoas que chegaram ontem à noite...

Nesse mesmo instante uma nova movimentação em meio à mata aconteceu um pouco mais à frente de onde as duas estavam.

Agora entendi o que você estava querendo dizer com alguém te seguindo. Não se preocupe. É só o *menino*. Quer dizer, ele não é um menino de verdade. Já é um homem de mais de cinquenta anos, mas todos o chamam assim desde pequeno por causa de seus problemas mentais.

E quem cuida dele?

O pai e os irmãos. Ele é um dos filhos de João Salvador...

Como assim? Os três aparentemente não têm qualquer problema...

É um quarto filho; o mais velho. Veja; não é que o escondam. Só acham que devem preservá-lo ao máximo devido às suas dificuldades, ainda mais depois que o nome da família se tornou conhecido. E sempre vai existir alguém disposto a inventar notícias falsas para conseguir alguma relevância.

Sara pensou em Dirceu: até onde ele iria para voltar a ter evidência? E Emílio? E ela própria? Quando foi escalada para a reportagem da Terra Luminosa, não sentiu muito interesse, mas agora percebia que havia algo promissor no ar.

A verdade é que não é nenhum grande segredo. Todos os que vivem na Terra Luminosa o conhecem e têm muito carinho por ele. É totalmente inofensivo; não é capaz de fazer mal a uma mosca. O que acontece é que deve estar muito agitado com a celebração do centenário do Maestro...

O homenageado de hoje?

Sim. É o fundador da colônia. Ele se chama Otto, mas foi esse apelido que ficou quando passou a lecionar música às crianças da Terra Luminosa. Ele formou a primeira orquestra da região, sabia?

Sara se lembrou da música bem baixa que escutara durante toda a madrugada.

É ele que vive no castelo alto?

Sentiu que Rebeca a analisava, fixando o olhar na máquina fotográfica pendurada em seu pescoço.

Vamos, vou te levar até o vale de onde poderá ter uma visão melhor do castelo.

Sara agradeceu sem saber exatamente o que esperar daquela situação e, então, as duas seguiram por uma trilha lateral ao canteiro.

O castelo foi a primeira construção da Colônia Lumiar. O próprio Maestro e os primeiros irmãos o construíram, pedra por pedra, com as próprias mãos.

Sendo honesta, nós não tínhamos nenhuma ideia de que tudo isso aqui existia...

Não há nenhum mistério. Somos apenas floricultores de uma colônia autossuficiente que tem sua maneira de viver. Todos da região da Terra Luminosa sabem como esse lugar surgiu, como somos e o que fazemos aqui; e respeitam a nossa opção com a sua discrição.

Perceberam então outra movimentação, daquela vez por trás de árvores que estavam mais adiante e que ficavam no início da descida até o vale.

Não é perigoso deixá-lo andar por aí sozinho?

Perigoso? O *menino* conhece isso aqui melhor do que qualquer um.

Qual é exatamente o problema dele?

Ninguém sabe direito. Dizem que é congênito; a mãe era doente dos nervos.

Achou a expressão vaga e imprecisa, mas calou-se.

Ela foi internada e tratada em alguns sanatórios antes de passar seus últimos momentos aqui na colônia tentando se recuperar através das terapias que o próprio Maestro criou...

Musicoterapia?

A música é só uma das habilidades dele. O Maestro, na verdade, é médico; formou-se na Universidade de Viena; mas também é botânico e químico. Esses anos todos que vive aqui foram dedicados às pesquisas sobre a mente humana.

Que estranho nunca ter se ouvido nada sobre um homem aparentemente tão qualificado quanto ele...

A verdade é que o Maestro é um misantropo. Ninguém o vê há muitos anos. Somente seus aprendizes; mas eu não sei detalhes porque minhas responsabilidades aqui são outras...

Ainda que Sara estivesse muito interessada naquelas novas informações, calou-se quando percebeu que Rebeca não queria seguir no assunto. Por uma precaução que julgava excessiva e que tomou ares de conspiração com o desaparecimento de Dirceu, Emílio lhe havia recomendado que tivesse cuidado e continuasse a omitir que eram jornalistas.

No fim da trilha, chegaram a um ponto elevado onde se podia ver ao longe várias construções que pareciam abandonadas; algo como um conjunto de antigos celeiros, casas grandes e outras menores cercadas por um emaranhado de arame farpado enferrujado e troncos caídos.

O que é isso tudo?

No centro, onde está a maior parte das construções, existia

uma grande fazenda da época da escravidão; à direita, um lar de missionários catequistas da Igreja católica; do outro lado, mais ao fundo, perto das encostas, senzalas que em algum momento viraram lar dos aventureiros do ouro. Em cada tempo, essas construções todas se transformaram em alguma coisa. É como um museu a céu aberto: é o que o Maestro sempre diz.

Sara trocou a lente, colocou uma teleobjetiva e percebeu que, entre aquelas ruínas no fundo do vale e o castelo alto que ficava do outro lado, bem no meio do caminho, havia outro recorte que ela ainda não percebera: outras construções de aspecto habitável cercadas por um longo campo onde pôde ver muitas pessoas trajadas com roupas emborrachadas amarelas e máscaras de gás usando fumigadores e borrifando algo sobre as plantas. Perguntou o que era.

São os campos de uso exclusivo dos laboratórios do Maestro e também da escola para aprendizes.

E o que é produzido?

Sobre isso é melhor você conversar com o João Lucas. Ele é quem manda aqui. Vamos, preciso voltar para ajudar com os preparativos do evento e você pode descansar um pouco. Só acontecerá mais tarde...

Ao ouvir aquilo, apenas um instante antes de tirar o olho da câmera, Sara flagrou a presença sutil de uma pessoa por trás de uma grande árvore que se destacava na paisagem. À medida que pouco a pouco aproximava a imagem e buscava um melhor foco, percebeu tratar-se de um homem adulto: trajava roupas largas, calça preta e camisa branca de manga comprida e, além de alto e muito magro, era tão branco que sua boca vermelha se destacava como se houvesse sido pintada.

Compreendeu, então, pelo que Rebeca havia falado e sobretudo pelo olhar vago e melancólico fixo na sua direção, que aquele homem escondido atrás da árvore só poderia ser o *menino*.

Quando o fotografou e, no mesmo instante, ele correu, por um segundo uma desconfiança passou pela cabeça de Sara: e se em vez de segui-la, não seria ele, o *menino*, que estaria fazendo com que ela o seguisse?

Soltou um grito como se aquilo houvesse acontecido de fato. Sob efeito do remédio que Sara lhe dera, Emílio despertou de um pesadelo com o episódio da noite anterior, mas não fora aquilo, e sim a sequência do sonho que o deixou atormentado: debaixo daquela chuva pegajosa que ainda sentia na pele, o pânico de Sara e sua insistência em chamar a polícia fizeram com que ele perdesse a cabeça e também a empurrasse no vão escuro daquela paisagem.

Havia adormecido no sofá da pequena sala e, desorientado, primeiro olhou ao redor e depois foi logo até um dos quartos da cabana onde constatou que Sara dormia profundamente ao lado de seu equipamento fotográfico na cama. Precisando esfriar a cabeça e encontrar outros pensamentos, saiu da cabana e logo sentiu os olhares sobre si, de meandros invisíveis como as frestas das cortinas das casas, que eram todas geometricamente idênticas como se fizessem parte de uma grande maquete.

Emílio ficou aliviado quando saiu da parte habitada e visualizou mais uma vez a entrada da comunidade e seu longo portão de correr ainda aberto. Daquela vez, porém, bem ao lado do jipe, também estava posicionado o furgão branco da colônia que havia rebocado o carro. Não entendia de mecânica ou elétrica de automóveis, mas resolveu por conta própria olhar o motor, momento em que foi surpreendido por uma barafunda de fios elétricos puxados e cabos que pareciam cortados. Uma ideia súbita se fixou na sua cabeça: aquilo não parecia um acidente e sim algo feito de maneira intencional, como uma sabotagem. De imediato, sua respiração acelerou e suas pernas amoleceram. Reparou então no leve roncar do motor do furgão ao lado e, após tocar o capô, constatou que estava quente. Num impulso, resolveu forçar a maçaneta e, num tranco, a porta se abriu; vendo as chaves penduradas no contato, considerou pela primeira vez pegar o carro e seguir pela estrada até o local do acidente para que pudesse avaliar a situação por si mesmo. Sentou-se no banco do motorista e encostou a porta com suavidade, tentando não fazer nenhum barulho. Logo sentiu um cheiro intenso nas narinas, que se dilataram: uma fragrância ao mesmo tempo ácida e adocicada que vinha da parte de trás do veículo. No compartimento de carga do furgão, viu muitos fardos de flores, buquês e arranjos florais que atordoavam a insipiência do ar.

Tomou o volante de couro envelhecido nas mãos e analisou que, por estarem todos nos preparativos da festa, era bem possível ir e voltar sem que ninguém desse pela falta do furgão. Faria um diagnóstico da condição da estrada e depois voltaria para buscar Sara. Então deu a partida no carro e acionou a marcha a ré; girou o volante, fez o contorno e acelerou com suavidade, bem devagar, monitorando pelo espelho retrovisor alguma movimentação à frente da colônia, que não aconteceu. Seguiu nesse mesmo ritmo pela estrada de terra e pedra para tentar não chamar a atenção. Havia lama por todo lado: uma aridez primitiva violentada pela força da chuva que desabara na madrugada anterior. Se havia calculado bem, até alcançar a pista asfaltada seriam cerca de dois quilômetros. E assim seguiu, chacoalhando todo o veículo até enfim chegar ao asfalto do trecho de serra que logo se iniciaria. Ali, acelerou um pouco e sentiu-se melhor com a impressão de estar fazendo algo efetivo para tirá-los daquele lugar. Foi nesse instante que um forte estrondo debaixo do furgão o fez despertar de seus devaneios e tudo o que Emílio pôde fazer foi mexer o volante de um lado para o outro e buscar o equilíbrio.

Ziguezagueando na pista por alguns metros, foi surpreendido por uma barreira formada por cavaletes, momento em que o furgão pendulou e tombou, arrastando-se por alguns metros.

Depois disso, veio o silêncio. Seu rosto estava branco, o coração disparado e suas mãos não paravam de tremer por haver se envolvido em um segundo acidente automobilístico num intervalo de poucas horas. Desafivelou o cinto de segurança e, quando fez isso, sentiu uma dor muito forte e aguda no quadril. Analisou a situação e, por estar caído de lado, teve que se arrastar pela brecha da janela aberta até conseguir passar por cima do metal amassado e deslizar até o asfalto.

Deitado de pernas bem abertas, Emílio sentiu uma queda de pressão vertiginosa: entrou em uma crise de pânico que o fez virar para o lado até que um fiapo de bile amarga e amarelada saísse pela boca, manchando o asfalto. Depois de um tempo, ainda que sentisse dores terríveis, avaliou que não poderia mais adiar aquela situação e, do jeito que conseguiu, levantou-se e se apoiou no furgão tombado. Nisso, desviou os olhos e constatou que não apenas um, mas ambos os pneus dianteiros estavam murchos. Surpreso, se aproximou e percebeu que havia algo grande e brilhante preso à borracha frouxa de um deles. Com um puxão conseguiu arrancar do pneu um artefato de pregos grossos soldados um ao outro, por todos os lados, que formavam uma peça específica claramente forjada para aquele propósito. E não havia só um, observou, mas três iguais àquele presos aos pneus. Depois, olhou ao redor e viu a porta traseira do furgão escancarada e toda a mercadoria espalhada pela estrada. Além de fardos, arranjos e coroas, Emílio estranhou quando viu pequenos pacotes embalados em fita adesiva marrom atirados por toda parte que decerto estavam escondidos sob as flores, dentro de caixotes de madeira que se abriram com o acidente.

A partir dessa nova situação, Emílio avaliou que não poderia voltar à colônia; desceria a serra e buscaria ajuda para Sara. O plano, porém, não durou mais do que algumas curvas, quando seu corpo se exauriu. A dor no quadril decorrente da capotagem era insuportável e, esgotado, sentou-se em meio à pista; teve vontade de chorar, mas se segurou. Não tinha a menor ideia do que faria dali para a frente. Nesse momento escutou um assobio ao longe. Sabia que teria muitos problemas para explicar o que havia acontecido e por isso precisava se acalmar e dissimular. Enfim, viu algo surgir. Não conseguiu identificar porque o clarão luminoso do céu às costas sombreava duas silhuetas em movimento, mas parecia um homem e seu cão, preso a uma coleira. Intuiu que fosse o mesmo vigia da madrugada e avaliou que ser alguém conhecido era a melhor das possibilidades.

Olá! Me desculpe pelo furgão. Eu ia pedir emprestado, mas não tinha ninguém por perto e as chaves estavam no contato. Eu só queria saber mais detalhes sobre o acidente na estrada e voltaria em seguida porque minha amiga continua na colônia. Mas dei azar: o pneu furou, perdi o controle e o carro tombou...

Enfim o homem parou de assobiar e respondeu. Gritou de volta.

Num si procupe. Tatudo bem. Ssas coisas acuntecem...

Emílio reconheceu a voz e o jeito de mastigar as palavras do sujeito, que, na sequência, se calou. Ficou olhando na direção dele: fazia carinho na cabeça do cão que, entretanto, não parecia ser o dobermann, pois não tinha a magreza e as orelhas pontudas daquele animal. Emílio assustou-se; pelo tamanho devia ser um rottweiler. Em seguida, o homem se agachou e as sombras se metamorfosearam numa escuridão só; parecia sussurrar algo ao seu animal. Emílio, então, se levantou e tentou a muito custo permanecer daquele jeito.

Não sei se o senhor sabe, mas o João Lucas nos convidou para a festa do centenário. Eles estão me esperando...

Como o homem era só silêncio em contraponto ao seu desespero, Emílio resolveu arriscar.

Se o senhor está nervoso por causa do furgão, não se preocupe. Eu sei que foi uma decisão completamente errada e estúpida e vou pagar por isso. Podem ficar com o jipe como garantia. Eu tenho dinheiro e posso providenciar quando for ao banco, na cidade. Se isso aqui ficar entre nós, eu posso...

Podi guardá o dinheiro, fio. O carro é odimenos. O probrema são asatitudes. A gente aqui é uma familha. Confiamu unotro. Protegemu unotro. Tentamos te tratá como convidado, mas oia procê. Acha que pode comprá as pessoa, mas num passa dum... ladrão...

Ao perceber o grande erro que cometera, Emílio recuou em sua estratégia.

O senhor tem toda a razão. Eu roubei e destruí o furgão. Admito: cometi um erro terrível. Estou envergonhado, mas quero que saiba que a minha amiga não tem nada a ver com isso. Me leve até a colônia e o seu chefe conversará comigo...

Quimtem chefi é índio, mosso.

Desculpe. Me desculpe. Eu vou pedir desculpas a todos. Sem problemas. Mas, por favor, me tire daqui. Estou machucado e muito cansado...

Agora num vaidá, não...

Quando o velho disse aquilo, Emílio passou a balbuciar coisas de forma a tentar escapar daquela armadilha; e, então, sem que percebesse, voltou a gaguejar.

Es-escute, senhor. Chi-chino, não é? Não é do-do nosso interesse falar na-nada sobre isso com ninguém. Nós vamos embora e esquecer tu-tudo o que a-aconteceu. Ninguém precisa saber de na-nada. É só deixar a gen-gente ir...

O sinhô é um bisbilhotero quinem o otro.

Nesse momento, Emílio sentiu muito medo ao compreender que ele falava de Dirceu. Próximo ao barranco, achou uma pedra grande e tomou-a com as mãos débeis. Na sua cabeça, não havia escolha que não fosse enfrentá-los.

Você ma-matou o Dirceu, não foi, se-seu fi-filho da puta?! Fi-fique sabendo que ninguém a-acreditou na-naquela história. A po-polícia e o meu jo-jornal já sabem de tu-tudo. Inclusive da-da dro-droga que vocês produ-duzem aqui. Eu te-tenho as anotações de-dele e já passei adiante. Vo-vocês já eram.

Nessa hora o velho soltou o cão e gritou aquilo com a loucura e a maldade impregnada na voz.

Pega ele, bugri! Pega ele!

Emílio não tinha o que fazer nem para onde correr. Só o que fez foi se posicionar e, com a enorme pedra na mão direita, se preparava para golpear o bicho assim que saltasse sobre ele. Mas, à medida que corria e se aproximava, compreendeu que aquilo que trotava feroz não era um cão, um javali, nem um *javaporco* ou qualquer outro animal grande, assustador e veloz; mas só um homem: mestiço, forte, nu, correndo como um quadrúpede exatamente como o que haviam atropelado.

Emílio não teve nenhuma chance. Antes que a criatura lhe esmigalhasse a carótida num só golpe e depois transformasse sua cabeça em uma massa de carne, osso, sangue e cabelo espalhada pelo asfalto, a última coisa que viu em vida foram as pupilas dilatadas que tomavam quase todo o diâmetro do globo ocular e que revelavam, num lugar obscuro ali dentro, algo indefinível entre a dor, a repulsa e o medo: o horror.

PARTE 4
Animais tropicais

durante anos você envenenou seu pai; a conta-gotas. apesar do longo tempo que isso durou, não foi algo premeditado. às vezes acontece em uma oportunidade, em um pensamento sombrio que vem e fica; porém, é mais provável que seja consequência tardia de um passado de rancores e de uma dependência doentia que levou os dois a ficarem sozinhos por toda a vida, mas juntos até o fim. falar em vingança ou culpa seria minimizar a complexidade da natureza de cada um.

quando tudo começou, vocês já estavam morando sozinhos fazia muitos anos no palacete da fazenda, já sem seus irmãos. foi nesse tempo que ele tentou uma reaproximação: passava os dias circulando por aquelas terras, fiscalizando o trabalho de todos, achando-se um verdadeiro capataz como era o pai dele; seu avô. quando se aborrecia com aquilo, e isso acontecia com alguma frequência porque aquele não era e nunca seria o seu verdadeiro mundo, seu pai surgia mais uma vez com suas ideias mirabolantes; como o dia em que resolveu que já era hora de você aprender a atirar e a caçar, atividade que havia ensinado a todos os filhos e da qual, por motivos óbvios, o havia livrado; até aquele momento.

depois de tantas experiências, você logo percebeu se tratar de mais um dos testes que seu pai lhe aplicaria, no limiar da vida; velho, mas ainda cruel. no começo você desconfiou e teve muito medo, sobretudo quando ele queria te mostrar como a coisa toda funcionava e, com a espingarda em mãos, o obrigava a rearranjar as garrafas que usava como alvo. sabia que com seu pai não tinha choramingos ou crises nervosas e, portanto, todas as vezes que você se dirigia até o local para arrumar as peças, precisava engolir o choro, ser rápido e correr, pois bastava terminar para escutar o clique da arma e a explosão da pólvora quase em seguida.

você não tinha ideia do motivo que fizera seu pai ficar obcecado em lhe ensinar aquilo. qual lição, nessa altura da vida, um adulto de meia-idade, considerado por toda a vida um erro da natureza, um estorvo humano, tiraria daquilo? à parte isso, até que ele foi paciente. quando conseguiu fazer com que você conhecesse as técnicas triviais e percebeu que o coice das armas havia se tornado seu principal empecilho, presenteou-o, todo orgulhoso, com um de seus revólveres de coleção: uma arma pequena, antiga e suave, calibre 22, que não tinha um tranco tão poderoso. por isso, depois que disparou o revólver pela primeira vez, você até que gostou; e, por conta disso, não demorou muito até que conseguisse acertar um alvo, fato muito comemorado por ele, que ficou exaltado de orgulho.

semanas depois ele quis te levar para caçar. de início, você ficou muito tenso, mas com o passar dos dias sua ansiedade diminuiu porque seu pai não atirava em nada e tudo o que vocês faziam era observar a natureza com seus binóculos de longa distância pendurados ao pescoço. seu pai ignorava roedores, coelhos e animais silvestres, além dos javalis e pequenos felinos; ficavam horas naquilo e só paravam para comer e beber e descansar os pés *descalços nas águas de algum córrego, calados sob o sol, como se aqueles poucos instantes de intimidade e de trégua pudessem curar todo o mal que permeara a relação de toda a vida. nesses dias, dentro daquela natureza quieta e imaculada, você chegou a acreditar nisso e sentiu-se, talvez pela primeira vez, feliz ao lado de seu pai.*

esse sentimento se desfez no dia em que ele avistou algo nas proximidades do rio, em meio ao mangue. mesmo com a ajuda dos binóculos, você não conseguiu ver nada, mas ele seguiu o procedimento: se ajoelhou ao seu lado, postou os cotovelos sobre as coxas e posicionou a espingarda de forma a deixá-la estática; colocou o olho direito na mira telescópica e sussurrou: faz tempo que não vejo um diabo desses. você não tinha como saber o que seu pai estava vendo, mas ele parecia enxergar os mesmos fantasmas que o acompanharam em suas peregrinações durante todos aqueles anos.

então aconteceu algo que você jamais esperaria: seu pai começou a tremer; primeiro as mãos; depois as pernas e logo o corpo todo. em seguida tombou de lado e permaneceu convulsionando. desesperado, você não sabia o que fazer, quando de repente a tremedeira parou e ele, então, lhe pediu para ajudá-lo a sentar, que suas pernas estavam paralisadas. naquele instante, pela primeira vez, você o observou de uma perspectiva muito diferente da que teve a vida toda: de uma posição altiva, superior, o viu tentando se arrastar no chão de terra e folhagens como um cão escorraçado e inútil. ali, com uma arma na mão e em meio ao silêncio do mundo, mais que preocupação ou piedade, você teve uma sensação de poder inédita que suspendeu o tempo e lhe nublou a visão com uma cortina vermelha; ele, então, olhou para você de um jeito que nunca havia feito e ficou calado, apenas esperando sua decisão. depois de um momento você apenas lhe deu a mão e, mais que qualquer outra coisa, sentiu apenas indiferença.

veneno para carrapatos, cupins e ratos, fertilizantes, remédios veterinários, querosene, produtos de limpeza; o que quer que você encontrasse pela frente você colocava na sagrada bebida de fim de tarde de seu pai: uma gota por dia, uma fração mínima de qualquer uma dessas coisas e talvez ele não percebesse nada do que fora despejado no copo. durante semanas você testou vários produtos e passou a observá-lo com atenção e discrição nas tardes crepusculares que passaram juntos na varanda. se houvesse algum tipo de reação, por menor que fosse, uma careta, uma tosse, você o retirava de imediato do seu arsenal. ele, entretanto, nunca reclamou de nada; a potência etílica da aguardente disfarçava o elemento estranho e, dessa forma, você seguiu em frente, dia após dia, sem ter nenhuma clareza do que de fato poderia acontecer ao seu pai. isso durou meses, talvez anos.

após o dia da caçada, ele logo recuperou os movimentos e minimizou a situação como se fosse um simples problema muscular. demorou bastante para que tivesse outro espasmo como aquele e, como seu pai era avesso a médicos, só foi consultá-los muito tempo depois, quando já tinha as pernas paralisadas por dois dias seguidos. houve suposições clínicas para a paralisia, mas nada conclusivo. um dia lhe trouxeram uma cadeira de rodas e, nesse instante, você decidiu parar de imediato com aquilo; achou que já era o suficiente, e passou a cuidar de seu pai de uma maneira que nunca imaginou que um dia fosse acontecer.

você acha que seu pai deve estar morto agora; sozinho, na cadeira de rodas não teria a menor chance: os bichos estavam espalhados, o fogo consumia tudo, um motim havia se iniciado e ouviam-se disparos por todo canto. nesse momento, você chora de raiva por nunca ter conseguido falar, expressar seus sentimentos e dizer tudo o que ele merecia; três palavras seriam suficientes por toda uma vida? quando você resolve adentrar a natureza e sair de vez dali, seus fantasmas surgem de todos os lados; mas não são estes que te metem medo, a estes você já está acostumado; o que te amedronta é o demônio branco lânguido e dissimulado, o gigante de espírito e retórica cativante que fora o criador da colônia lumiar, essa grande alegoria da terra luminosa, e que você sabia estar morto havia muito tempo porque nunca ele conseguira sua almejada eternidade pelos caminhos da ciência como proferia à exaustão, transformando-se apenas num simulacro de si mesmo: um espantalho reverenciado como um deus cujo discurso continuava a ecoar nos alto-falantes da colônia, mas sobretudo em outras cabeças, em outras almas e em outras terras, com a ajuda de seu pai e de seus irmãos.

e, então, você enfim chega à clareira; e lá está aquela figura enclausurada que te fez companhia por tantos anos e te escutou em silêncio como se pudesse decifrar todos os pensamentos de uma vida que você não teve; que te forneceu um lugar à mesa da reflexão e um altar do sagrado que lhe foram negados desde sempre. você sabe que é uma despedida e se emociona; seus olhos se nublam e, quando você os aperta e tudo fica escuro, sente a criatura se mexer pela primeira vez desde que você a viu: ela abre os braços, levita como se tivesse asas, rompe suavemente o domo natural e, então, desaparece.

é como se dissesse: agora você já é livre; pode partir,

Tirou a cabeça da mulher do tonel de lata onde havia água misturada a excrementos. Ela resfolegava, chorava, babava e tossia; tudo ao mesmo tempo. Não vomitava mais porque já não havia nada dentro dela. Chamavam-na Celeste, mas era apenas um nome falso; um codinome de guerra.

Pelo amor de Deus, chega...

Estava havia dias ali, naquele lugar distante de tudo. Já tinha passado pelos primeiros procedimentos: interrogatórios intensos e repetitivos; ofensas verbais e humilhações, como quando lhe rasparam a cabeça a zero; agressões leves como cuspidas na cara, tapas, *telefones* e beliscões; e, por fim, a reclusão à solitária quando colocaram, às gargalhadas, uma cobra dentro de sua cela. O fato era que o *submarino* ao qual ela estava submetida naquele momento marcava apenas o início da segunda fase, e tudo indicava que seria muito pior.

Preciso de nomes, lugares. Quando me der o que eu estou te pedindo, vai poder comer e dormir tranquila. Eu prometo.

Eu já disse ao senhor que não sei de nada. Sou só uma estudante. Fui confundida com alguém...

Ele não se deu ao trabalho de falar sobre aquele assunto de novo. Apenas apanhou o alicate, que estava ao lado de outras ferramentas sobre uma mesinha, enquanto dois ajudantes seguraram a cabeça da mulher e colocaram uma bola de borracha em sua boca; depois, de imediato, prendeu as pontas do instrumento no primeiro dente que surgiu e puxou até que a carne cedesse, fizesse um som oco e o dente se desprendesse da gengiva. Ainda que estivesse com a boca bloqueada, de alguma maneira ela conseguiu gritar.

Aumenta a música.

Mas aqui é longe de tudo, doutor. E é bom os outros ouvirem...

Olhou para o subalterno com desprezo.

Eu te perguntei alguma coisa?! Vá fazer o que mandei.

O fato é que a música, sobretudo a clássica, ainda que servisse como recurso para camuflar o horror que acontecia ali e nos demais lugares onde atuou, o acalmava; fazia parte de sua conexão consigo mesmo: uma forma de abstração do mundo pavoroso que se revelava a ele com frequência. Não suportava os gritos, o sofrimento; a música era como um alívio.

Celeste desmaiou por alguns instantes, mas logo ele ordenou que lhe atirassem um balde de água gelada, o que a fez despertar num espasmo violento: todo o seu corpo nu e ossudo tremia de cima a baixo. Nisso, ele já havia apanhado uma das agulhas, e quando tomou a mão dela nas suas, percebeu que não era fácil controlar a força sobre-humana que aquela mulher, mesmo debilitada, tinha em cada músculo e articulação. Precisou outra vez do auxílio dos ajudantes para imobilizar o tronco e os braços e só então enfiou bem devagar o pedaço fino de aço sob uma das unhas, rasgando aquele território inviolável da carne e fazendo a dor se espalhar como metástase por todo o corpo. Fez isso repetidas vezes, e os gritos se tornaram cada vez mais altos e mais tristes. Celeste, ele observou em um momento de reflexão que lhe vinha às vezes e que logo procurava extirpar da consciência porque atrapalhava suas funções, não passava de uma menina: tinha, se muito, vinte anos. Poderia ser sua filha; mas não era. Não tivera nenhuma menina.

Escute: sou um profissional. Fui treinado para isso. Não vou me comover com a sua choradeira. Essa sua estratégia não vai funcionar. Está claro?

Seu filho da puta!

Não seja vulgar. Você está falando com o dr. Messias, cadela...

Quando disse seu codinome, pois, assim como os guerrilheiros, os agentes da ditadura também tinham codinomes, percebeu que Celeste imediatamente se calou. Ela enfim o havia reconhecido e, com isso, ele sentiu algo entre a satisfação e o orgulho. Considerava-se um servidor público eficaz e profissional, obediente ao sistema vigente; portanto, não era adepto das violências fora dos interrogatórios e às sombras da finalidade do Estado, que sabia ocorrer nas preliminares às suas costas. Tinha respeito pelo protocolo: se aquilo se transformara em uma guerra, pensava que toda guerra tinha as suas regras e a sua ética.

Cadê o Carlos? O que fizeram com ele?

Agora você o conhece...

Por favor, chega...

Você ficou segurando informações até agora por causa desse traste, mas é por causa dele que você está aqui agora, nessa situação.

Eu sei que ele não me entregou...

Sabe mesmo?

Cadê ele?

Se me contar alguma coisa que preste, eu o tiro da árvore...

Ele ainda está lá?

Acenou com a cabeça em sinal de afirmação, e logo Celeste passou a chorar ainda mais. Estavam ali havia pelo menos uma semana. Antes que fizessem qualquer coisa a ela, penduraram Carlos naquela árvore. Quando foram capturados, Celeste e Carlos já sabiam que não seriam levados a uma delegacia de polícia qualquer. Amarrados e encapuzados dentro do compartimento de carga de um furgão, durante horas rodaram por estradas esburacadas e tortuosas em direção a um desses lugares remotos, fruto de muitas especulações e conversas de bastidores entre eles: os chamados 3C, os Centros Correcionais Clandestinos, que ficavam estrategicamente em regiões rurais ou em espaços ermos nas periferias das próprias cidades.

Os poucos que haviam sido levados até esses centros e sobrevivido pelos mais diversos motivos, fosse por uma fuga casual, pelo parentesco com alguma família importante, pela grande repercussão negativa de seu desaparecimento ou por ser um homônimo ou vítima de pista falsa, tentaram com o passar dos anos desvendar suas localizações através da memória: o tempo de deslocamento, a percepção da geografia do percurso, a temperatura e o clima, além dos ruídos e dos odores característicos. Muitos anos depois, a partir do cruzamento de informações que apresentavam similaridades, alguns desses centros correcionais clandestinos mais terríveis, entre eles a *Casa da Granja* ou a *Casa do Aeroporto*, foram enfim identificados e tiveram suas histórias reveladas. Contudo, talvez o pior dos centros, cuja localização continuava a ser um grande mistério e cujas histórias das mortes e dos desaparecimentos ainda assombravam quem sobreviveu à época, era a chamada *Casa das Flores*.

Tira a roupa dele e pendura na árvore. Vai passar a noite aí...

E ela?

Fica pra amanhã. Leva ela para onde estão todos os outros...

Celeste, então, foi levada até os fundos de uma grande casa ainda em construção; lá foi obrigada a descer uma escada cujos degraus eram assentados em pedra e onde havia muitas celas dentro de um espaço subterrâneo e úmido. Passou a primeira noite assombrada pelo som dos choros e gemidos de outros prisioneiros até que alguém cochichou.

Veio sozinha?

Eu e mais um...

De onde?

Da capital.

São de algum grupo?

...

Desculpe; não precisa falar. Eu entendo.

Onde a gente tá?

Não sei.

Nenhuma ideia?

Você tem alguma pista?

Pelo caminho de subida que o carro fez e pelo frio, parece ser trecho de serra, mas tem um leve cheiro de maresia. A gente deve estar perto do mar. E tem o cheiro forte de flor, claro.

Canteiro, floricultura, chácara, jardim, pode ser qualquer coisa...

Quantos tem aqui?

Não dá pra saber. Tem gente que sai e não volta. Tem gente que volta e não fala nada com nada. Ou chora o dia todo ou fica ruminando como um bicho.

Como assim?

Eu não sei. Tem uma sala aqui, lá no fundo. Às vezes levam alguém lá. Ligam uma televisão bem alto ou colocam a mesma música o dia todo. Devem fritar o cérebro deles. Já escutei até barulho de furadeira.

Celeste sentiu um arrepio de pavor e calou-se. Pensou muito antes de continuar.

Escute, eu... eu não vou sobreviver.

Nem você, nem eu, moça.

Você... faz parte de algum grupo?

...

Tudo bem, não precisa falar. Eu também entendo.

A verdade é que eu sou um ninguém, moça. Não conheço nenhum grupo; fui preso por engano. Nem sei o que estou fazendo aqui...

Então você vai sobreviver.

Ninguém sai vivo daqui.

Quando descobrirem que erraram o alvo vão te liberar mais cedo ou mais tarde.

Como pode ter tanta certeza?

Ela não tinha nenhuma; por isso demorou a responder.

Quando você sair tem que passar essa informação adiante. Pode demorar anos até isso tudo acabar, mas lembra das flores, do cheiro delas; lembra também da maresia no ar e do barulho de água. Acho que estamos bem próximos ao litoral, a umas duas horas da capital. Só decora o que eu te disse, por favor. Não esquece o cheiro do mar. É importante identificar esse lugar pra que encontrem o que já está e o que vai ser enterrado aqui. Promete?

Moça...

Promete?

Prometo.

Na manhã seguinte a arrastaram para fora. Caminharam em meio ao mato alto por um bom tempo quando lhe tiraram o capuz. Carlos estava nu, de ponta-cabeça, com as pernas amarradas a uma corda num galho alto de árvore; seu corpo estava escuro e trêmulo devido ao frio e à posição em que passara a noite.

Hoje você só vai assistir. Se não abrir a boca, amanhã será sua vez.

Começaram com tapas, chutes e socos por todo o corpo como se ele fosse um saco de treino de boxe. Carlos tentava se proteger com os braços soltos, mas não conseguia fazer muita coisa. Os agentes riam e se revezavam entre o café e o cigarro. Uma hora, um deles perguntou se Carlos queria uma tragada, se aproximou dele e girou o cigarro lhe queimando os lábios; um outro apagou a brasa em suas costelas com tamanha força que parecia ter aberto um buraco entre elas, fazendo com que um cheiro enjoativo de carne queimada e fumaça de nicotina empesteasse o ar. A dor era tão terrível que não demorou muito para que Carlos desmaiasse.

Parem, por favor. Eu não conheço esse rapaz...

Após um tempo curto, os agentes o acordaram com um balde de água gelada e mais uma vez passaram a lhe fazer as mesmas perguntas que já haviam feito: nomes, posições da guerrilha e, sobretudo, quem era a mulher que estava diante dele. No silêncio de Carlos, continuaram. Começaram, então, as perversidades: urinaram em sua cabeça, o sodomizaram com um cabo de vassoura, colocaram insetos vivos dentro de sua boca, obrigando-o a mastigá-los. Ainda assim, nenhum deles falou.

Depois desse primeiro dia, ela foi levada outra vez até uma das celas do centro correcional onde passou sua semana de terror. Em todos os minutos daqueles dias Celeste pensou em falar, mas ao mesmo tempo lhe vinha à mente a imagem de Carlos dizendo enfático que, caso acontecesse o pior, jamais deveriam dizer nada, pois deles dependiam muitas vidas e o andamento da causa à qual se entregaram.

Me deixa ver ele que eu falo.

Coçou a cabeça e depois alisou o bigode aparado. Não sabia se era a decisão mais correta, mas muito de seu trabalho dependia de decisões momentâneas como aquela. Daquela vez, contudo, não tiveram o cuidado de vendá-la ou encapuzá-la no caminho até a árvore, e Celeste compreendeu que aquele descuido havia sido proposital. Quando pela primeira vez viu os belos canteiros de flores, um recorte que a natureza era capaz de proporcionar apesar de toda a maldade humana, ela teve certeza de que estava preparada.

O chefe ordenou que cortassem a corda e, antes que o corpo caísse e uma nuvem de moscas se desgrudasse dele, todos já sabiam que estava morto. Nesse instante pôde ver a transformação no rosto da jovem e, por um segundo, sentiu alguma piedade. Quando ela se atracou e se desvencilhou do agente que a vigiava e começou a correr sem nenhuma direção e completamente desnorteada, com as mãos amarradas às costas, ele de imediato ordenou que ninguém atirasse. Calmo, apanhou sua pistola, colocou-a na altura da vista com o apoio da mão esquerda, apertou um dos olhos e atirou. A bala atingiu em cheio a parte traseira da perna direita entre a coxa e o glúteo, fazendo com que ela tombasse e desmaiasse.

Não tinha ideia de quanto tempo havia se passado, mas quando entreabriu os olhos estava deitada em um grande e confortável divã; dali viu as paredes de pedra desenhadas por estantes de livros que seguiam o pé-direito de ao menos cinco metros. A luminosidade era baixa, fosca, proveniente de alguns candelabros e arandelas que, pelo cheiro, pareciam funcionar à base de querosene. Sentia-se numa dimensão própria e lenta, como se tudo ao seu redor se movesse de uma maneira imperceptível. Ouvia vozes ao longe, mas não conseguia discernir nada. Achou que talvez pudesse ter sido drogada.

Você não tem receio de que algo possa dar errado? Como pode ter tanta certeza de que é seguro?

Você se esqueceu de que sou médico ou o quê? De que te puse no mundo e salve a tu madre? Estoy estudando os sistemas neurrotransmissorres há mais de vinte anos. As experriências químicas que fazemos son importantes, mas os testes práticos ainda mais fundamentales.

Ainda não estou convencido do procedimento...

Parrece complexo, mas es muito simples: abrimos la caixa craniana, fazemos uma incisón precisa, no lugar certo y ya está: apagamos tudo. Todo um passado de traumas, de ignorrância, de violência, de ideologias e até de enfermedades mentais que podemos zerrar. Estamos falando de uma reconfigurración total do cérrebro; do nascimento de uma nova persona que podemos ensinar...

Não sei...

Confia em mim, Juan, assim como su padre me dió toda sua confiança no dia em que cheguei aqui. És ciência, no essa barbárrie que fazem aqui com esses pobres...

Não se exima disso. Você sempre soube do projeto e cedeu parte das suas terras para que nós o ajudássemos a expandir a sua colônia.

Eu sei. Apenas querro que entienda que esses que no terrán mais serventia para vocês podem ser de grande ajuda e farrán parte de algo cientificamente grandioso...

Eu gostaria de poder acreditar, mas você sabe o quanto eu sou cético. É uma teoria esplêndida, mas será que não passa disso?

Me dá algunos e te provo que no. Todo erra teorria antes de que se comprovassem.

Demorou um pouco para responder, já se dirigindo à porta de saída.

Te trouxe uma rebelde justamente para isso; para que faça uma entrevista e veja se te serve. Deixo claro que ainda não decidi nada em relação ao *menino*. Eu ainda tenho muitas dúvidas sobre ele...

Vamos deixar o *menino* para depois. Eu ainda querro conversar muito com ele. Fazer los testes...

Quando escutou a porta se fechar, Celeste pareceu despertar de sua letargia. Decidiu sentar-se e percebeu que estava limpa, como se houvessem lhe dado um banho, e vestida com uma camisola longa e branca. Sentiu uma dor aguda na parte de trás de uma das pernas; e só então viu a coxa completamente envolta em um curativo apertado. Sentiu-se enjoada, o que a fez colocar as duas mãos sobre a testa, apertando os olhos com força. Nesse instante, uma voz suave surgiu de algum canto.

Como se sente?

Quando levantou a cabeça, as imagens se multiplicaram e se confundiram até se estabilizarem na figura de um homem corpulento sentado com imponência atrás de uma mesa de madeira comprida e escura, onde uma profusão de livros e papéis empilhados emolduravam sua figura.

Poderria se aproximar, por favor? Mi voz é muito baixa e estoy praticamente gritando daqui.

Levantou-se com muita dificuldade; a visão borrada; os movimentos das passadas como se estivesse afundando em um pântano. Uma cadeira rígida de madeira estava postada em frente à mesa, e ele fez um gesto com as mãos para que ela se sentasse.

Achei que o chefe da operação fosse o outro...

Ele demorou um pouco para responder. Ajeitou-se na poltrona, colocou as mãos sobre a mesa e entrelaçou os dedos, numa posição que indicava superioridade e segurança de estar em seu território.

No tenho nada a ver com qualquer operración militar. Meu

trabalho é outro. Me conhecem como Maestro, às vezes me chamam de doctor Octavio, mas se quiser, pode me chamar apenas de Otto, meu verdadeirro nome.

Quando ele se pôs a falar, Celeste percebeu a estranheza daquele homem. Os ossos do rosto pareciam saltados; sua boca era grande, vermelha e um pouco desproporcional em meio a uma arcada prognata envolta por uma barba poderosa e acinzentada; seu nariz era proeminente como uma batata deformada e as orelhas possuíam lóbulos enormes que se diferenciavam de seus mínimos e profundos olhos azuis estrábicos por trás dos óculos dourados. Percebeu também que quase não tinha cabelos: os poucos fios se concentravam na região frontal e, muito longos, eram atirados para trás, cobrindo o crânio liso e brilhante. As mãos eram grandes, gordas e compridas.

Impressionada com mi aparrência?

Não respondeu e viu quando ele girou o corpo no eixo da cadeira e exatamente às suas costas havia um grande espelho de cima a baixo. Por alguns instantes, ele ficou olhando o próprio reflexo captado pela moldura clássica.

Piorra a cada ano. Alguns de forra da colônia passaram a me ver como um monstro, mas a verdade é que é só uma enfermedad chamada acromegalia. Pessoas têm medo do que é estranho a elas, no?

Por que estou aqui?

Erra aonde eu ia chegar. Sou médico, um homem da ciência. Lá forra, como sabes, está acontecendo uma guerra. Os que passam no teste da guerra son enviados a mim. Personas especiais que necessitam de cuidados especiais...

No instante em que o Maestro falava, Celeste sentiu uma pontada elétrica nas têmporas que a fez fechar os olhos com força e gritar.

No te preocupes. É normal. Faz parte do processo.

Vocês me drogaram...

No! O que te demos nada mais é do que um extrato, uma combinación química de várrios elementos específicos de plantas e florres. A natureza dentro da natureza...

Com as mãos pressionando a cabeça como se pudesse estancar a dor que pulsava diretamente de seu cérebro, Celeste gritou de novo.

Quer parrar definitivamente com o sofrimiento que está sentindo?

Sem conseguir emitir uma palavra sequer, Celeste sinalizou que sim com a cabeça. O Maestro, então, abriu uma das gavetas da escrivaninha e apanhou um recipiente de metal; colocou sobre a mesa e empurrou o objeto até ela. Celeste tirou a tampa e lá dentro havia uma pasta marrom de odor enigmático.

O que é isso?

Botânica; ciência; química; crença; fé. Que importa? Algunos céticos insistem em categorrizar como misticismo, chamam de alquimia, mas eu prefirro acreditar que nada mais són do que as propriedades de diós. Por favor, solo esfregue um pouco debaixo de las narrinas. Vá a se sentir melhor e a dor de cabeça passarrá...

Celeste mal conseguia prestar atenção àquele palavrório; só queria que a dor passasse. Portanto, esfregou rapidamente a pasta no terreno entre os lábios e o nariz e inspirou e expirou várias vezes com sofreguidão. Logo, suas têmporas passaram a pulsar mais devagar, no ritmo do resto de seu corpo, até que, como num passe de mágica, a insuportável dor que sentira minutos antes se diluísse e, de um momento para o outro, cessasse.

Melhor?

Ela confirmou com a cabeça; depois fechou a tampa da lata e a colocou sobre a mesa, empurrando-a de volta a ele.

Vai me dizer o que é isso de verdade?

Chamamos de condutor. Penetra fundo em tu cérrebro e em tu espírrito, fazendo com que se abram, se libertem. Primeirro, a resignación, o confronto, a degradación e a dor. Depois, a libertación para uma nova perspectiva de consciência, de autoanálise...

Você quer dizer: uma lobotomia. É o que vocês fazem depois da tortura naquela sala no fundo do corredor onde ficam as celas, não é?

O Maestro semicerrou os olhos e mexeu o rosto de um jeito que evidenciou suas extremidades alongadas e inchadas na face branca que parecia de um boneco de cera; uma réplica malfeita do que fora um dia. Tamborilou com os dedos gigantescos o tampo da mesa.

Vou te contar uma histórria: havia dois hermanos nascidos em Bavárria, fronteirra de Áustria com Alemanha. O mais novo erra o mais inteligente e talentoso: um jovem universitárrio em Viena, estudante de medicina. El outro, mais velho dois anos, erra um inquieto de corrazón atormentado; um outsider que terminou, como tantos outros naquela época, sendo convocado por las Fuerzas Armadas. E foi aí que ele se encontrou. Em 1940 foi enviado ao combate. Dois anos depois, o outro hermano também foi destacado al front, solo que como médico. Um matando e o outro salvando vidas. Durrante anos os dois circularram por várrios pontos de Eurropa e, nada, nem uma bala, nem um estilhaço. Se comunicavam por cartas e às vezes por rádio. Falavam muito sobre sus experriências. Em alguns momentos, se encontrarram em bases e hospitales de campanha, quando o irmão mais velho quis aprender e ajudou su hermano a cuidar dos ferridos. Logo ficarram conhecidos como os Hermanos Indestrutíveis de Bavárria. Mas aí, quase no final da guerra, aconteceu; em Itália. Erra o invierno de 1944 e os poucos que haviam sobrado defendiam o que restava da posición na región dos Apeninos. Estavam cercados pela 92ª División de Infantarria Amerricana. Los pretos conocidos como Búfalos. Foi um verdadeirro massacre. *Diese verdammten Büfeel!*

Celeste começou a transpirar; seu coração acelerou e sua visão, de uma hora para outra, tornou-se excessivamente nítida.

Por que está me contando tudo isso?

Porque você também faz parte de uma guerra; e em uma guerra sempre hay os dois lados de la histórria; e de los dos lados siempre ocorrem monstruosidades. El gran dilema é: parra os monstros, o monstro sempre serrá o outro...

Celeste estremeceu; algo dentro do seu estômago a enchia de aflição e sua respiração tornava-se ofegante. Não conseguiu segurar as lágrimas.

Quem sabe aqui você encontre su propósito ou su verdadeirra naturreza? Estou construindo algo grande aqui, e necessito de personas que sejam fortes como tu, acostumada a luchar; e tán jovem...

Celeste curvou o corpo, balançou a cabeça repetidas vezes e passou a salivar em abundância. Quando se endireitou outra vez, as lágrimas escorriam dos seus olhos abertos e ela não conseguia emitir uma palavra sequer. O Maestro já não estava sentado à sua frente: só o que Celeste enxergava na penumbra do lugar era sua própria imagem imersa na profundidade daquele grande espelho.

Consegue imaginar a verdadeirra liberdade? Continua a se mirrar no espelho. Só assim se reconhecerrá: liberta o animal que hay em ti...

Celeste teve uma sensação muito ruim; como se um manto sombrio se elevasse de seu corpo, devagar, pelas suas costas, sem se revelar.

Pare! Eu não sou um animal!

Repetia aquilo sem parar, em convulsão, enquanto o Maestro, como um ser onipotente em meio às sombras, sussurrava com a voz sibilante e transcendente de um demônio.

Pobre menina. Chega a horra em que, com muita tristeza, percebemos que toda nuestra vida fué solo uma grande mentirra...

Celeste, então, se levantou da cadeira, deu a volta na mesa e se posicionou diante do espelho.

No te preocupes. Vou te ajudar a eliminar essa dor, esse vazio, essa escurridão. Eu no mato mais, já no soy um assassino como na época da guerra. Eu solo cuido de los ferridos, como mi hermano, que morreu no meu lugar naquela maldita batalha...

Enquanto o Maestro falava, Celeste lutava contra a agonia insuportável que aquilo que lhe haviam dado provocava; e num impulso único e certeiro golpeou o espelho com tamanha força que, súbito, um a um os cacos passaram a cair do seu epicentro esfacelado. Com a mão banhada em sangue e, antes que o Maestro pudesse se aproximar, ela se agachou.

No! No faça isso, por favor...

Sem hesitar, Celeste enterrou o caco pontiagudo em sua própria garganta o mais fundo que pôde. Quando o Maestro a alcançou, só o que conseguiu foi segurar seu corpo antes que desfalecesse no chão. Agarrado a Celeste, com o sangue correndo em abundância entre suas mãos que ainda tentavam conter o fluxo, viu o corpo convulsionar e parar após alguns segundos.

Emocionou-se ao presenciar novamente a morte de tão perto. E só então, depois de muito tempo, deixou o corpo escorregar. Em seguida sentou-se na sua cadeira e olhou o próprio reflexo no que restara do espelho com uma terrível sensação de derrota na alma.

eu não entendo: por que só agora consigo escutar a sua voz, depois de tantos anos?
porque você, enfim, se fez escutar.
como, se não falo?
isso não importa. você se fez ouvir para o mundo.
foi o que eu disse a meu pai antes de ir embora?
aquilo foi surpreendente, mas não.
foi o quê, então?
sua decisão de revelar as coisas que aconteceram e ainda acontecem na terra luminosa.
mas tudo sempre esteve aí à mostra...
por isso mesmo. a pior cegueira é a cegueira branca.
sou retardado; não cego.
você não é uma coisa nem outra.
e agora?
agora talvez as coisas mudem um pouco.
como? olha pra trás: tá tudo pegando fogo.
o fogo destrói, mas também é capaz de jogar luz à escuridão.

você não entende; deu tudo errado...
não é sua culpa.
morreu muita gente...
sim, mas essa terra já se acostumou à violência e à morte. você não pode fazer nada em relação a isso.
fui eu que abri os galpões...
eu sei.
mas não fui eu que soltei os monstros...
que monstros?
os bichos, os bugres...
para os monstros, o monstro sempre será o outro. não é assim que dizem?
putaqueopariu; não é fácil.
não, não é. você não se lembra de nada? de quando seu pai voltou à terra luminosa, anos depois de partir e antes dos seus irmãos nascerem...
me deixa em paz...
você lembra exatamente do caminho até o castelo alto, não é?! aquela aberração construída pelo maestro e pelo seu avô...
o maestro ajudou o vovô, fez nascer meu pai, ensinou coisas importantes a meus irmãos e a todos aqui da colônia. e cuidou de mamãe...
isso é o que você acha ou o que te disseram?
acha que ele tem alguma coisa a ver com o que aconteceu comigo e com mamãe?
se a sua família ficou calada esses anos todos é porque talvez haja um conluio entre eles...
como assim?
um pacto de silêncio. talvez seja a tática mais perversa que existe. fizeram isso a vocês dois...
filhosdaputa!
mas talvez isso e outras coisas venham à tona se a jornalista

conseguir escapar; talvez seja ela a destinada a contar a história toda...

isso se a estrada não estiver interditada. não dá pra saber: o tempo todo mentem sobre tudo.

se for verdade, ela dará um jeito e tomará alguma trilha. assim como você...

mas vai ter que passar pela segurança do clube de caça. os tiros! não tá ouvindo? nunca vão deixar alguém passar...

você passou. o que pretende fazer agora?

fugir.

fugir é diferente de partir.

tô com frio... tá muito frio aqui...

por que decidiu vir pelo rio, então?

porque só no fim do rio talvez tenha uma saída.

o rio vai te levar daqui; definitivamente...

pra ver o mar a que nunca me levaram...

dizem que uma pessoa que nunca viu o mar não conhece o mundo de verdade; que o mar cura tudo...

o que tem do outro lado?

depois de toda aquela água?

depois de toda aquela água.

outras terras e outras pessoas.

pessoas boas ou pessoas más?

só pessoas,

Foi quando começou a ouvir a música com mais intensidade que Sara abriu a boca pela primeira vez desde que saíra da cabana em direção à festa.

Achei mesmo ter escutado música durante toda a madrugada...

Siegfried Idyll.

O quê?

É o nome da sinfonia. O Maestro tem formação musical e cultivou isso aqui na colônia desde o começo. Por isso temos alto-falantes por todo canto. Ajuda na hora de trabalhar e acalma na hora de dormir...

Mas não era só isso; tinha alguma outra coisa por trás; um som de lamento, como se fosse um choro...

João Lucas virou a cabeça, surpreso.

Você é bastante observadora. A explicação é que aqui a música também tem a função de acalmar os animais antes do abate. É curioso que eles parecem saber, por puro instinto, a dinâmica do dia em que alguns deles são levados até o matadouro; eles enlouquecem e gritam tanto e de um jeito que parecem que estão chorando. Mas o curral fica do outro lado dos canteiros junto ao canil e é impressionante que você tenha escutado...

Caminhavam pela pequena estrada de terra lateral que separa a vila dos canteiros quando surgiu ao longe a imagem de uma casa grande feita de pedra e madeira. Ao redor dela, em um extenso gramado com árvores, jardins e alpendres decorados, dezenas de pessoas confraternizavam junto a uma enorme mesa de madeira onde começavam a ser servidos os aperitivos.

Não estou vendo o Emílio...

Eu também não. Se for o caso, posso mandar alguém procurá-lo. Pode ser que esteja andando por aí; conhecendo o resto da colônia.

Ainda que um pouco apreensiva com o estado de Emílio pela manhã, Sara sabia que na primeira oportunidade ele tentaria seguir adiante com suas apurações.

Não é necessário. Conheço meu amigo.

Por que, então, você não relaxa um pouco, aproveita a festa e bebe alguma coisa?

João Lucas apanhou duas bebidas em uma bandeja e entregou um dos copos a Sara, que estranhou o líquido extremamente branco e viscoso.

O que é isso? Parece...

Leite? Veja que interessante: assim como o leite nasce do corpo do animal fêmea, algumas flores também têm propriedades parecidas dentro de sua anatomia vegetal. Popularmente o que mais se ouve falar é sobre a seiva, mas há uma infinidade de órgãos e sistemas complexos dentro de uma única planta que gera a flor...

E essa bebida é feita a partir de qual? Dos copos-de-leite?

João Lucas riu e depois explicou a Sara que o copo-de-leite possui em sua superfície partículas de uma substância química chamada oxalato de cálcio que, se ingerida, traz uma série de complicações como inchaço nos lábios e na garganta, queimação na pele, náuseas, cólicas, irritação e, em contato direto com os olhos, em casos extremos, pode provocar até cegueira.

Isso aqui é só um elixir natural, feito de um extrato de várias outras flores dos canteiros daqui; é bem leve e tem propriedade calmante, mas se você se propor a entrar em um grau mais alto de concentração ou reflexão e ingerir maior quantidade, induz a uma meditação bastante poderosa. Aqui na festa só serve como aperitivo mesmo. Pode provar sem medo...

Sara disfarçou e não bebeu, pousando o copo sobre uma mesa assim que Rebeca se aproximou.

O Maestro já está chegando à liteira...

Uma pequena procissão surgiu em meio aos canteiros de copos-de-leite. Sentado em uma grande e confortável cadeira anexada a uma estrutura sólida em madeira própria para ser transportada nos ombros de vários homens a partir de dois varões laterais, estava um homem velho, muito branco e muito grande, vestido em trajes claros. Sara achou aquilo algo antiquado e de mau gosto, como uma encenação, ainda que houvesse compreendido a impossibilidade de locomoção de um homem de cem anos por aqueles terrenos acidentados. Estranhou, mais que tudo, o fato de os quatro homens que o levavam serem mestiços, não usarem camisas nem os trajes de festa como todos os outros da colônia.

O que vai acontecer depois?

Vão colocar o Maestro naquele altar e daí faremos a cerimônia de agradecimento por mais um ano de prosperidade em nossa colônia.

Sara tentou observar com mais atenção aquele homem que tanto admiravam, mas, coberto por uma espécie de túnica, não se via nada do rosto. Os braços permaneciam imóveis, cruzados sobre o colo, com as mãos envoltas em luvas brancas; a cabeça apoiada no encosto da cadeira onde estava sentado.

Posso fotografar a cerimônia?

A indagação de Sara apanhou João Lucas e Rebeca de surpresa, que se entreolharam.

Bem, quando a encontrei ela já havia tirado algumas fotos dos canteiros e, depois, ela fotografou o vale e o castelo...

Não vejo nenhum problema se as fotos forem de teor acadêmico. Espero que você entenda: prezamos muito nossa privacidade. Tem pessoas que largaram tudo para viver aqui conosco, que não querem ser identificadas. Portanto, com respeito e com a nossa autorização prévia das fotos que poderão usar no trabalho, acho que tudo bem...

De acordo. Vou buscar meu equipamento e circular um pouco, então...

Rapidamente passou na cabana para apanhar a mochila com o equipamento e em pouco tempo já tinha atravessado os corredores do canteiro de copos-de-leite. Saiu dali, encontrou a trilha e seguiu na direção da montanha até ver o castelo alto. Um fio de luz que se desgarrava do céu branco indicava que o sol já estava em sua jornada descendente e, dali a pouco, se faria noite.

Andou rápido pelo vale ao largo daquelas construções abandonadas e chamou por Emílio, mas não obteve resposta. A meio caminho, além do ladrar dos cães no canil e da música dos alto-falantes, ouviu os ruídos e murmúrios que pela manhã estavam abafados, mas cujo som naquele instante preenchia com vibração todos os espaços daquele território, como se o vale e suas curvas funcionassem como uma grande caixa de ressonância.

Seguiu ao largo daquelas ruínas até se aproximar da mesma árvore onde havia fotografado o *menino* pela manhã. Dali, no lado oposto ao vale, teve a visão de outras construções que pareciam galpões de armazenamento e, em meio a eles, dois casarões, um grande, comprido e malcuidado, com a pintura degradada e umidade evidente; o outro, bastante similar ao da colônia, com duas picapes e três motocicletas estacionadas à frente e onde um grupo falava alto e confraternizava; algumas das pessoas sentadas em cadeiras dobráveis e outras de pé.

Acoplou a teleobjetiva à câmera e aproximou a imagem. Posicionados de costas, observou o que pareciam dois casais de meia-idade fora de forma que trajavam jeans, botas e camisas de flanela. Outras três pessoas, dois homens e uma mulher aparentemente mais jovens, usavam roupas esportivas e jaquetas corta-vento próprias de motociclistas. Sentado em uma cadeira de rodas, um homem idoso era amparado pelo *menino*, o que a fez deduzir que aquele só poderia ser seu pai, João Salvador, patriarca da família. Escoradas nas cadeiras, Sara viu armas compridas que pareciam espingardas ou rifles; um ou outro portava uma pistola na cintura; fotografou tudo.

Logo, o vigia noturno conhecido como Chino surgiu carregando uma bolsa esportiva, de onde tirou um objeto que Sara só foi entender o que era quando um deles posicionou as máscaras de visão noturna na cabeça. Isso a fez retroceder de imediato por receio de ser vista. Aguardou um pouco e, quando voltou a observar o grupo pela teleobjetiva, notou que o vigia já não estava à frente do casarão e ficou procurando-o até vê-lo sair da construção mais antiga; segurava uma coleira comprida com um cão enorme que tinha parte da cabeça coberta por uma espécie de focinheira. Sara, então, aproximou ainda mais a imagem e, quando o foco enfim se estabilizou, ela pôde notar que não se tratava de um animal, mas sim de um homem que se movimentava como um quadrúpede; fotografou inúmeras vezes.

Sara, o que está fazendo aqui?

De costas, ela tomou tamanho susto que seu corpo começou a tremer. Virou-se e viu João Lucas caminhando a alguns metros de distância.

Você foi longe, hein? Por que não falou comigo? Eu te acompanharia...

Sara andou em sua direção para impedi-lo de ver o que ela havia descoberto, mas ainda assim se manteve a uma distância segura dele.

Resolvi procurar o Emílio e acabei me perdendo...

Rebeca me contou que vocês duas vieram até o vale hoje pela manhã...

Sara compreendia o rumo que aquela conversa estava tomando; portanto, precisava dissimular e tentar reverter.

É verdade; só vim nessa direção porque queria fotografar o castelo mais de perto, mas também porque supus que Emílio pudesse ter vindo pra cá...

João Lucas balançou suavemente a cabeça.

Sara, você não vai encontrar o seu amigo aqui nem em nenhum lugar da colônia por uma simples razão: ele roubou nosso furgão e fugiu...

Sara calou-se; suas mãos suavam.

Mas se a estrada está interditada, como ele conseguiu ir embora?

Teremos que perguntar a Chino. Foi ele que descobriu o roubo e foi atrás de seu amigo. Igual fez com o outro...

Que outro?

João Lucas a olhou com alguma piedade. Nesse momento, uma ruptura se deu.

Você e seu amigo poderiam estar na colônia, fazendo seu trabalho, nos conhecendo melhor, mas, infelizmente, preferiram trair nossa confiança.

Escute, eu não vou contar nada pra ninguém. Eu juro. É só me deixar ir...

Vamos, me dê sua câmera. Chino saberá o que fazer com você. Preciso voltar logo para a festa. A cerimônia já vai começar...

Sara compreendeu que não havia mais o que fazer; se tentasse fugir, ela jamais conseguiria escapar naquele terreno acidentado. Ao tirar a máquina fotográfica do pescoço devagar, sabia que não sairia dali com vida. Então, com a alça em mãos, segurando aquele fardo pesado, o corpo da máquina acoplado à grande teleobjetiva, deixou o braço cair, se aproximou de João Lucas até uma distância apropriada e, então, fez a única coisa possível naquele instante: girou o corpo rapidamente e, com toda a força que pôde, lhe desferiu um golpe forte no rosto.

Com a pancada, uma fenda se abriu na têmpora de João Lucas, primeiro num filete e, quase em seguida, num borbotão. Com as duas mãos na cabeça e atordoado com o golpe, o sangue começou a lhe cobrir as pálpebras e, logo, a visão. Num primeiro esforço de reação e aproveitando a imobilidade de Sara, que estava em choque, deu dois passos e, aleatoriamente, conseguiu lhe acertar um soco no rosto, o que a fez tombar, zonza, sobre o gramado. Depois tentou agarrá-la, mas, com a visão turva e sobretudo mareado pelo golpe recebido, só conseguiu abraçar o ar, caindo em seguida. Seu corpo entrou em convulsão e, instantes depois, silenciou.

Sara, então, largou o equipamento parcialmente destruído no chão, sentiu um calor subir-lhe a garganta e vomitou; depois, respirou fundo várias vezes e se escorou no tronco da árvore. Quando virou a cabeça para o outro lado, viu o exato momento em que aquela aberração foi libertada da guia presa à coleira: enquanto corria a toda a velocidade em quatro patas, os dois casais em uma das picapes e os outros três de moto começaram a persegui-lo com as armas em punho. O velho cadeirante e o *menino* haviam sumido dali.

Sara refletiu que a primeira opção era voltar e tentar fugir a pé pela estrada; a outra, seguir em frente e fotografar: ainda tinha um celular com boa câmera. Pensou também que, se houvesse alguma chance de Emílio estar vivo, provavelmente fora feito prisioneiro em alguma daquelas construções.

Indo pelas beiradas de um trecho onde só havia mata, chegou à lateral do primeiro galpão e abriu a imensa porta destrancada: olhou para dentro e só o que viu foram instrumentos de lavoura pendurados em ganchos: pás, enxadas, ancinhos e foices. Preparava-se para seguir quando pensou que precisava de algo com que se defender, mas tudo era muito grande e pesado; foi então que reparou em um carrinho de mão repleto de ferramentas e peças. A primeira coisa que viu foi o cabo: o facão estava envolto em uma bainha de couro animal. Quando Sara a retirou, viu uma lâmina artesanal de quase meio metro de comprimento cheia de ranhuras, dessas forjadas por ferreiro. Passou a lâmina levemente na palma da mão para testá-la e se surpreendeu quando o corte se fez e o sangue brotou. Depois, seguiu o rumor.

As pedras que formavam a base do casarão velho de onde o homem conhecido como Chino e a criatura saíram estavam tomadas de vegetação, e a madeira fedia a umidade. Sara certificou-se de que não havia ninguém por perto e foi até uma das janelas, olhou para dentro e percebeu o lugar vazio. Havia alguns móveis espalhados: cadeiras de vime, uma mesa de madeira bruta, quadros de natureza-morta e tapetes de couro animal. Havia muito pó sobre eles, o que indicava o abandono do lugar. A porta estava destrancada, e Sara passou pela sala e depois foi para o interior da casa, onde os ruídos tornavam-se mais fortes. Seguiu por um longo corredor e, quando chegou aos fundos, viu uma escada de pedra que dava em um porão.

Desceu alguns poucos lances e encontrou uma porta de ferro maciço com ferrolho e tranca, mas sem cadeado. Ao puxar a tranca o mais devagar que podia e abrir a porta, sentiu a escuridão tomar conta de tudo ao seu redor, o que a fez tatear a parede dos dois lados e encontrar um interruptor. A luz falha e amarelada tomou conta do lugar, e só dessa forma Sara pôde ver o longo corredor com suas inúmeras celas e escutar o som, agora claro: murmúrios; lamentos; choros. O lugar cheirava a excremento humano e o fedor era tamanho que ela teve que colocar a mão em concha para proteger o nariz.

Ao passar pela primeira cela, viu um homem deitado no chão; nu, parecia dormir numa posição canina, com as pernas e os braços entrelaçados e a cabeça sobre os membros: fotografou. Na segunda cela, mais um; isolados um do outro. Sara andava o mais rápido que podia na direção dos fundos do lugar de onde achava que se originara o som mais intenso e sussurrava.

Emílio! Emílio!

Quando se aproximou da cela de onde vinha aquele rumor, viu vários homens lado a lado. Eram diferentes daqueles primeiros: ainda eram humanos. Alguns sentados, outros de pé. Estavam todos com as mãos amarradas às costas e com um pedaço de fita adesiva cinza cobrindo a boca deles. Sara primeiro fez muitas fotos gesticulando para que parassem com o barulho. Como aquilo não estava funcionando, se aproximou de um que estava com a cabeça nas barras da cela e retirou a fita adesiva da sua boca. Em pânico, ele falava sem parar.

Pelo amor de Deus, moça. Ajuda a gente.

Pede pra eles calarem a boca! Eu sou só uma jornalista; estou sozinha aqui! Calem a boca!

O homem compreendeu a situação, se virou na direção dos outros e pediu calma e silêncio. O barulho pareceu diminuir um pouco e ele se reaproximou da cela. Virou de costas: ele estava amarrado com um pedaço de corda de náilon bem presa, o que os impedia de desamarrarem uns aos outros.

Me solta que eu ajudo a soltar eles...

Estou procurando dois amigos. Emílio foi levado hoje. O outro se chama Dirceu, mas esse já tem mais de um mês...

Aqui eles não estão. Só tem essa cela. Pode ser que eles tenham sido levados até os galpões. Tem muita gente lá. Pelo amor de Deus, corta logo essa corda antes que ele volte...

Sara cortou com a ponta do facão a corda do primeiro e de mais alguns outros que surgiam em sequência na grade da cela.

O que está acontecendo aqui? Quem são vocês?

A gente não é daqui. É da cidade. Eles vêm falar com a gente. Dizem que são missionários...

... que vão levar a gente pra trabalhar numa colônia, com casa, comida e igreja, colocam a gente num furgão e...

... aí a gente começa a trabalhar nas colheitas, mas depois de um tempo oferecem o outro trabalho, o de borrifar as plantas com os produtos químicos...

... muita gente ficou doente, e quem não quer trabalhar lá desaparece ou acaba trancado aqui...

... e toda semana levam alguém pra aquela sala dos fundos. A gente só ouve os gritos...

... até o dia em que eles saem desse jeito, rosnando e andando que nem bicho...

Nessa síncope coletiva em que todos aqueles homens adultos tremiam, balbuciavam e choravam como crianças, eles foram se soltando aos poucos até que todos estivessem desamarrados e sem as mordaças.

Cadê as chaves das celas?

Ou ficam com o caboclo ou na sala dos fundos. Como ele voltou pra pegar uma bolsa na sala e não trancou tudo, pode ser que tenha deixado lá.

Rápido, moça. Antes que ele volte.

Sara caminhou até o fundo do corredor e lá, no fim de tudo,

havia uma porta; girou a maçaneta e, tateando as paredes laterais, logo encontrou um interruptor. A sala tinha espelhos por todos os lados, em várias alturas e níveis; no centro, uma cadeira de madeira maciça forrada em metal com amarras de couro nos apoios de braços e nos pés; ao lado, uma mesa onde se via desde objetos médicos assépticos como gazes, ampolas, bisturis, injeções e grandes agulhas até peças grosseiras como uma tesoura, um alicate e um martelo; abaixo, em um compartimento inferior, vários frascos de vidro marrom-escuros com etiquetas brancas e informações químicas escritas à caneta, como se fossem medicamentos. Em frente à cadeira, uma televisão conectada a uma espécie de videocassete. Fotografou tudo.

De pé, Sara conseguia se ver de todos os ângulos em dezenas de reflexos de si: o cabelo solto bagunçado; o rosto já inchado e respingado pelo sangue de João Lucas; a mão trêmula segurando um facão. Através de um dos reflexos, percebeu o molho de chaves preso a um gancho pendurado na parede à sua esquerda. Apagou as luzes, saiu daquela sala e, já em frente à cela, no exato momento em que começava a procurar a chave específica para abrir aquela porta, as luzes do corredor se apagaram e novamente tudo se tornou escuridão. Um assovio gutural tomou conta do lugar.

Me dá as chaves. Se esconde na sala, moça.

Sara as entregou ao mesmo homem com que conversara instantes antes e tateou as paredes até encontrar a porta da sala dos fundos. Um som de metal ritmado atravessava o corredor: o resvalar do cano de uma escopeta entre as barras de ferro das celas.

Num mi lembru dite dexado as luz acesa. Deve ditessido uma ratazana...

Chino, com sua máscara de visão noturna, era o único ali dentro capaz de ver qualquer movimento no corredor e nas celas.

Ouviu um rosnar vindo da primeira cela. Logo, os outros, cada qual em seu espaço, passaram a grunhir e a bater os punhos contra a grade.

Quéto, malditos! Arre! Hoje é dia, sinhô.

Dentro da sala escura, a primeira coisa que Sara fez foi tentar achar algum ponto cego onde se esconder. Respirou fundo e analisou a situação: aquele homem estava em grande vantagem, só ele enxergava tudo e estava armado. Se Sara resolvesse sair dali, não havia outro caminho a não ser cruzar com ele. Escutou o homem gritar lá de fora.

Seus imundo! Achava memo quiteriam alguma chanci dissaí daqui? O máximo di liberdade docês é sonhá. Apruveita que daqui apoco vô amarrar asbolas de umporum docês com um pedaço de corda bem apertado.

Os homens haviam colocado de novo as fitas sobre a boca e as mãos para trás, o que fez Chino a princípio não desconfiar de nada e decidir ir até a sala dos fundos, sem checar qualquer coisa. O som do salto de suas botas marcava o compasso quando girou a maçaneta devagar e, com o cano da escopeta em riste, abriu a porta.

As imagens que a tevê ligada por Sara espalhava por todos os cantos através dos espelhos o pegou de surpresa, fazendo-o automaticamente apertar o gatilho da arma e, com isso, estourar em centenas de pedaços a tela, que exibia um amontoado de cenas de brigas entre cães raivosos em espaços clandestinos sujos e degradantes.

Qui tá fazeno aqui, minina? Seusamigo já eram. Um virô cumida di pexe. O outro dei prus cachorro...

Em meio à explosão da tevê que pegava fogo e às faíscas elétricas que estouravam sua energia no ar, Chino não podia imaginar que Sara concentrava toda a sua raiva e sua força ali, naquele último impulso antes de morrer, e descesse o facão do alto de sua cabeça até acertar-lhe em cheio o braço que empunhava a arma. O grito que o velho soltou foi do mais profundo horror, e Sara ainda conseguiu ver, mesmo que entre sombras, o que lhe sobrara do membro: um antebraço pendurado por fiapos de músculos e uma poça de sangue volumosa que se formava logo abaixo. Nessa hora, ele se ajoelhou ao mesmo tempo que o burburinho de uma movimentação vinda de fora se confirmou com a chegada dos homens da cela que, enfim, haviam conseguido se libertar.

Pode deixar com a gente agora, moça. É melhor ir embora que a coisa vai ficar feia quando a gente soltar todo mundo...

Calada, Sara apenas concordou com a cabeça e, enquanto passava pela porta, virou-se pela última vez e viu uma roda formada por aqueles homens presos, maltratados e torturados sobre o vigia noturno, que gritava de pavor à medida que foi sendo espancado de todas as maneiras possíveis até, enfim, silenciar o riso covarde de poucos momentos antes. Fotografou toda a cena antes de ir.

Correndo do jeito que dava em meio àquele corredor escuro, Sara chegou à escadaria. Conseguiu acender as luzes e subiu; a porta estava escancarada. Foi então que ouviu o som de tiros. Retornou e alguns dos homens já estavam logo atrás.

Tem caçadores lá em cima e estão todos bem armados. Contei sete antes de entrar. Tem também um velho de cadeira de rodas e o filho dele, que é retardado. Não façam nada com ele. Acho que ele está tentando ajudar...

O velho da cadeira de rodas a gente vai matar...

Ele tá sempre na sala dos fundos...

Vamos soltar os bichos!

Uma comunhão da loucura se iniciou e, aos gritos, alguns se dirigiram até as primeiras celas com o molho de chaves em mãos. Sara subiu a escadaria e percorreu toda a extensão da casa até encontrar uma saída lateral. Escondida em meio ao jardim, viu as picapes estacionadas e, por todos os lados, o barulho ensurdecedor de dezenas de pessoas que corriam como podiam em direção aos canteiros e à colônia. Sara compreendeu que alguém já havia libertado aquelas pessoas antes mesmo que os prisioneiros do subterrâneo pudessem fazê-lo.

Mesmo em grande desvantagem numérica, os caçadores atiravam a esmo naquelas pessoas que, por estarem correndo aglutinadas, se tornavam presas fáceis. Sara conseguiu fotografar uma das mulheres jovens de joelhos, rifle empunhado, mirando e acertando um tiro certeiro na cabeça de um homem que havia parado por um instante em meio ao campo. Nesse momento, os ruídos vindos dos fundos da propriedade se aproximavam. Já sabendo do que se tratava, Sara correu até alcançar uma das picapes que, por sorte, estava aberta e com as chaves no contato.

Alguns deles surgiram saltando e correndo. Rápidos e dinâmicos, logo estavam no campo, no encalço dos caçadores: viu um deles cravar os dentes no pescoço de um dos homens de meia-idade enquanto outro saltou sobre uma das motocicletas derrubando um dos jovens, batendo nele inúmeras vezes com os punhos. A atiradora, que continuava em posição de combate, matando um a um, foi alcançada por um dos bichos, que a segurou pelo rabo de cavalo e tentou girá-la no ar tantas vezes que o escalpo da mulher ficou em suas mãos.

Ao mesmo tempo, muitos dos prisioneiros surgiram armados com todo tipo de ferramentas rurais, como ancinhos, pás, pés de cabra, foices e martelos. Não houve piedade: atacaram o que havia sobrado dos caçadores com o que tinham em mãos e seguiram adiante, pelos canteiros brancos, destruindo e matando o que viam pela frente: um regimento do horror e do ódio que trotava em direção à colônia.

Sara permaneceu deitada no banco de couro da picape por mais de uma hora aguardando o silêncio definitivo. Quando decidiu novamente espiar para fora, viu um campo banhado em sangue e corpos por todo lado, além do fogo que crepitava nos galpões e casas. Registrou tudo o que conseguiu; depois voltou ao veículo e abriu o porta-luvas. A primeira coisa que surgiu foi um maço de cigarros pela metade que lhe trouxe grande alívio; ao lado, uma pistola preta e compacta. Encaixou-a na mão e depois a colocou no banco de passageiros.

Acendeu um cigarro e deu a partida; acelerou devagar e evitou seguir na direção da colônia, para onde todos haviam ido. Tomou a estrada à sua direita e, depois de rodar um pouco, viu à sombra do castelo uma figura sentada que não conseguiu identificar. Chegou o mais perto que pôde com a picape, mas havia uma mureta de pedras que a impediu de se aproximar ainda mais. O dia se esvaía rapidamente e a realidade se granulava, tornando difícil enxergar qualquer coisa. Resolveu descer, mas antes apanhou a arma pousada no banco de passageiro e a encaixou na mão; o dedo no gatilho. Em poucos metros, identificou João Salvador, o patriarca, que estava em sua cadeira de rodas.

Pode guardar sua arma, filha.

O senhor também está armado.

Ele tinha um revólver pousado no colo, sobre um cobertor velho quadriculado que lhe cobria as pernas defeituosas. As mãos, próximas.

A sua arma está com a trava. Você tem que baixar esse pino.

Sara ficou calada, mas não baixou a mira. Destravou o pino que ele havia indicado.

Estavam monitorando vocês desde o começo. Desde o outro que veio sozinho. Ninguém vem aqui às nossas terras e começa a bisbilhotar e a perguntar coisas sem o nosso consentimento...

Vocês mataram os dois, não foi?

Eu só sou um velho aleijado. Você terá que descobrir por outros meios...

O que aconteceu aqui?

Uma rebelião. Sempre é um golpe duro, mas às vezes rebeliões são necessárias para que a gente possa entender mais a fundo o nosso propósito.

Por que aquelas pessoas estavam presas? O que vocês faziam com elas?

Nada do que já não houvesse sido feito em outros tempos e em outros lugares. Algumas pessoas nunca vão entender. Sempre vão achar que somos os monstros, mas no fundo tudo é uma questão de perspectiva: para os monstros, o monstro sempre será o outro. Percebe como tudo caminha numa linha muito tênue?

Sara cuspiu para a frente o sangue que ainda brotava de sua boca inchada.

Cadê seu filho?

Qual deles? Os dois mais velhos são tão incompetentes que não conseguiram chegar até aqui. E João Lucas eu não sei onde se meteu.

Estou falando do outro, o que chamam de *menino*...

Dessa vez, demorou um pouco para responder. O velho passou a olhar para cima, para o céu, com os olhos nebulosos, como se falasse não mais com ela, mas com Deus.

Ah, o *menino*. Quase ninguém sabe disso, mas o *menino* é meu primogênito e tem o meu nome: João Salvador Filho. Infelizmente o pobrezinho nasceu com problemas, mas a vida toda fiz de tudo por esse garoto. Paguei médicos e especialistas. Comprei todos os equipamentos necessários. Estudei e tentei compreender o seu problema. Eduquei e dei amor. Tudo o que um pai de verdade tem que fazer pelo seu filho. Fui um pouco rígido em alguns momentos, é verdade, mas só quem passou por tudo o que eu passei pode entender como as coisas se deram. Depois de uns anos, quando os outros nasceram, tive que me dedicar aos irmãos saudáveis e o deixei ser como realmente era. Alguns me acusaram de tê-lo escondido, mas isso nunca fiz; minha intenção sempre foi preservar o *menino*.

O velho fez uma pausa: chorava ao mesmo tempo que secreções saíam do nariz e dos cantos da boca; limpou o rosto com as costas das mãos enrugadas.

Antes que tudo acontecesse, ele me trouxe até aqui. Quando começaram os estouros e a gritaria, entendi que, de alguma forma, ele sabia o que estava acontecendo. Mas como?

Gargalhou com a demência impregnada dentro de si.

Eu achei que ele estivesse tentando me salvar, nos salvar, mas sabe o que ele fez? Tirou o revólver que eu tinha dado a ele da cintura, o colocou nas minhas mãos e me deu as costas. Eu gritei pra que voltasse, mas ele continuou indo embora! Depois virou a cabeça, abriu a boca e disse: livre-arbítrio, papai. Ele nunca tinha falado! Nunca tinha falado a merda de uma palavra sequer a vida toda!

Sara permaneceu calada vendo aquele homem e sua dor.

Se eu não tivesse feito nada do que fiz, seria julgado pela minha isenção? Ou só são condenados os que fazem o que é realmente necessário?

Sara compreendeu que João Salvador estava num acerto de contas com ele próprio. Caminhando de costas e sem desviar a mira, parou de escutar o que o velho dizia e voltou para a picape. Deu a partida e, pouco depois, escutou o estampido seco. Ao olhar pelo retrovisor, viu a imagem da metade do corpo do velho caída inerte para a frente. Depois resolveu voltar para recuperar sua câmera; tomou-a em mãos, checou seu funcionamento e, percebendo que, à parte as lentes destruídas, a memória ainda funcionava, voltou ao carro sem nem olhar o corpo de João Lucas. Desceu o desnível, passou por cima da cerca e depois pisou fundo, em meio aos canteiros de copos-de-leite cujas flores voavam para os lados. À sua direita o casarão pegava fogo e, mais ao fundo e à sua frente, uma vermelhidão escarlate se amalgamava ao céu: o fogo consumia também chalés, cabanas e outras construções pertencentes à colônia, e nada havia sobrado ileso da destruição.

Por isso acelerou tudo o que podia até dar de cara com um vulto correndo pela estrada lateral que levaria à saída da colônia. A reação de frear bruscamente e virar o volante fez com que a picape deslizasse arranhando toda a lateral nas cercas de arame farpado e girasse num meio cavalo de pau tão violento que por pouco não capotou. Um pouco zonza, quando deu por si estava cara a cara com o *menino*, que a observava através do para-brisa. Era a primeira vez que o via tão de perto. Travava-se de um homem, sem dúvida, mas estranhamente um homem com pequenos olhos infantis; e também um tanto tristes. Parecia apenas querer ter a confirmação de que ela estava bem para seguir adiante. E foi assim que aconteceu: antes que Sara pudesse fazer qualquer argumentação, o *menino* correu e se infiltrou na mata, como se pertencesse a ela.

Sozinha, Sara voltou a acelerar a picape e, quando passou pelo portão escancarado e chegou à estrada de terra, não pensou duas vezes e pisou fundo, deixando para trás a placa BEM-VINDO À COLÔNIA LUMIAR — ONDE A TERRA E O CÉU SE ENCONTRAM. Não sabia ao certo se a estrada estava mesmo interditada, mas isso já não importava; sairia dali de uma maneira ou de outra.

Um copo-de-leite teimava em não desgrudar do para-brisa; no horizonte, uma linha rubra, tênue e enviesada do sol ainda tentava dividir a noite do dia.

Epílogo

pena que você não conseguiu ver o azul do mar; mas isso não importa muito agora. diferente do rio, a água é quente: sente isso nos tornozelos submersos; e pela primeira vez você entende que sua relação com esta terra sempre esteve incompleta.

com o cheiro da maresia nas narinas, o gosto do sal nos lábios, o cascalho e a areia grossa entre os dedos dos pés e o estrondo hipnótico das ondas que alcançam suavemente seus ouvidos, você agora é outro.

não é mais o menino, mas um homem chamado João Salvador; um homem que ganhou o nome de outro homem, que viveu à sombra desse mesmo homem, e que após tanto tempo experimenta a liberdade pela primeira vez. de frente para o horizonte, há a coisa mais bonita que já viu: o mar faiscante sob um céu que cospe estrelas.

ao caminhar nessa direção, você não tem mais medo; tudo o que sente é um alívio profundo quando a água o alcança por completo e, num instante, o leva; e, desse jeito, todo o ruído e o horror que durante tanto tempo arrebatou você e o mundo, enfim, desaparece:

dizem que o mar cura tudo,

ESTA OBRA FOI COMPOSTA PELA SPRESS EM ELECTRA E IMPRESSA EM OFSETE
PELA GRÁFICA PAYM SOBRE PAPEL PÓLEN NATURAL DA SUZANO S.A.
PARA A EDITORA SCHWARCZ EM FEVEREIRO DE 2025

A marca FSC® é a garantia de que a madeira utilizada na fabricação do papel deste livro provém de florestas que foram gerenciadas de maneira ambientalmente correta, socialmente justa e economicamente viável, além de outras fontes de origem controlada.